瓊瑤◉著

還珠格格（三之一）

陰錯陽差

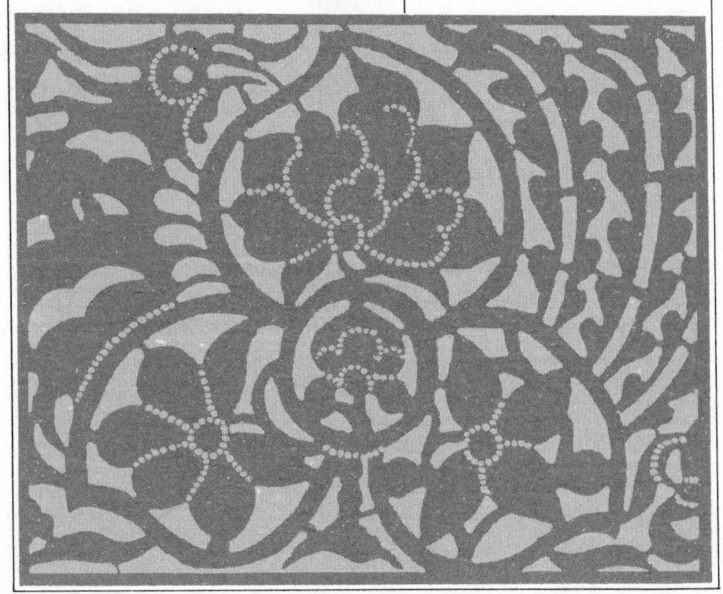

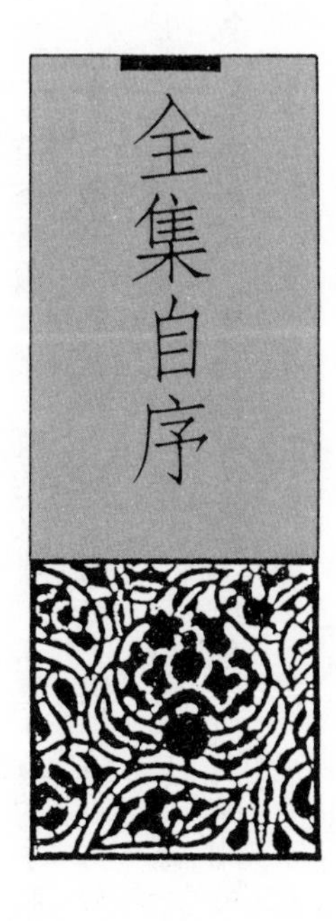

全集自序

從我出版第一部小說《窗外》到今天，已經足足過去了二十六年。有時，真不相信，四分之一個世紀，就在我的塗塗寫寫中悄然而逝。這二十六年，不管我生命中有多少風風雨雨，多少喜怒哀樂，我的『寫作』，卻一直是我生命中的一條主線。在我沮喪時，我會逃遁到寫作裡去，當我歡樂時，我會表現到寫作裡去，當我寂寞時，我用寫作填補空虛，當我充實時，我又迫不及待要拾起筆來，寫出我的感覺……因而，這漫長的二十六年，我雖然偶爾會蟄伏、會休息，卻從不曾真正停止過寫作。就這樣，細細數來，從《窗外》開始，到《我的故事》爲止，二十六年來，我已出版了四十四本書。

去年年初，因爲開放大陸探親，我有幸在離鄉三十九年後，首次回大陸。到了北京，發現我的四十幾部作品，被出版得亂七八糟。當時，就有一種强烈的願望，要好好整理一下這些作品。返臺後，又因爲有好幾部作品需要再版，我和鑫濤，就決定藉再版之便，重新整理我的作品，改換版本形式，統一編排，出版這套『瓊瑤全集』。

因爲時代已經不同，出版品也隨著時代進步，現在的紙張、字體、編輯、版本形式……都遠勝以往。再加上，我過去的作品，有的書太薄（如《月滿西樓》），有的書太厚（如《幸運草》）。有的排版太密，有的又排得太鬆，有的字體太小，有的又太大。這一次，我們把所有的缺失更正，做完全的調整。作品內容，也有更改，例如，《六個夢》一書中，居然有七個故事，這是件挺荒謬的事，如今，抽出一個故事，還原成《六個夢》。又例如，《月滿西樓》只是一部中篇，勉强成書，總覺份量不夠，現在，加入另外幾部中篇，重新結集。

在我這所有的作品中，最特別的是《不曾失落的日子》。這部書嚴格說來，是一部我自己

『殘缺的自傳』，有『童年』部份，缺掉了成長以後的過程。今年春天，我將此書重新寫過，把我成長以後的部份補齊，改名爲《我的故事》。這部書，在我的全集中取代了《不曾失落的日子》。因而，四十四部書，經過整理後，變成四十三部。至於《不曾失落的日子》中的散文部份，以後，可能會匯集我的其他散文，出版一部散文專輯。

當然，重新編撰一套全集，是件工程浩大的事，以往的書中，錯字別字漏字都很多，借此機會，全部修正。這樣浩大的工程，不是一朝一夕就能完成。但，我們總算開始了這件工作。在重選封面，重選字體，重選版本形式……的時候，我雖忙碌，卻也興奮。過去的作品，不管好不好，都是我生命中最重要的一部份。重新編撰，重新出版，也算我的一種『重生』吧！

從來不曾覺得自己的作品寫得好，也從來不曾自滿過。每次出書，都戰戰兢兢，如履薄冰。生怕自己的作品禁不起讀者的考驗，和時間的考驗。現在，在『全集』出版前夕，這種情懷，仍然强烈。總覺得自己渺小平凡，寫出的每部書，也都是一些渺小平凡的故事。儘管書中常有『轟轟烈烈』的感情，那也只是『平凡人』的感情。

且讓我把這套『瓊瑤全集』，獻給全天下平凡的，和不平凡的朋友們！

瓊瑤寫於一九八九年七月三十一日
於臺北可園

以上這篇『全集自序』寫於一九八九年，今年已經是一九九七年了。轉瞬間，八年的時光已成過去。在這八年間，寫作仍然是我生活的『主題』。所以，上面所說的四十四本書，已經陸續增加到五十一本。我相信，在未來的日子裡，我還會繼續寫作。到底這部『全集』共有多少著作，可能不是現在能夠預卜的。但願，我的讀者們喜愛我每一本新書，支持我繼續努力，讓這套全集，能夠越來越茁壯。那就是我的希望，我的幸福，和我的快樂了。

瓊瑤補記於一九九七年八月十四日
《還珠格格》出版前夕
於台北可園

1

乾隆年間，北京。

紫薇帶著丫頭金瑣，來到北京已經快一個月了。幾乎每天每天，她們兩個都會來到紫禁城前面，呆呆的凝視著那巍峨的皇宮。那高高的紅牆，那緊閉的宮門，那禁衛森嚴的大門，那櫛比鱗次的屋脊，那望不到底的深宮大院……把她們兩個牢牢的，遠遠的隔開在宮門之外。皇宮，那是一個禁地，那是一個神聖的地方，那是個『可望而不可即』的夢想。紫薇站在宮門外，知道不管用什麼方法，她都無法進去。更不用說，她想要見的那個人了！

這是一個無法完成的任務。可是，她已經在母親臨終時，鄭重的答應過她了！她已經結束了濟南那個家，孤注一擲的來到北京了！但是，一切一切，仍然像母親經常唱的那首歌：

『山也迢迢，水也迢迢，山水迢迢路遙遙！
盼過昨宵，又盼今朝，盼來盼去魂也消。』

不行，一定要想辦法。

紫薇這年才十八歲，如此年輕，使她的思想觀念，都仍然天真。從小在母親嚴密的保護和教育下長大，使她根本沒有一點兒涉世的經驗。丫頭金瑣，比她還小一歲，雖然忠心耿耿，也拿不出絲毫主張。紫薇的許多知識，是顧師傅教的，是從書本中學習來的。自從發現有一個衙門叫作『太常寺』，專門主管『禮部典制』的權責，她就認定只有透過『太常寺』，才能見到想見的人。於是，三番兩次，她帶著金瑣去太常寺門口報到。奇怪的是，那個太常寺的主管梁大人，幾乎根本不上衙門。她求見了許多次，就是見不到。

這天，聽說梁大人的官轎，會經過銀錠橋，她下了決心，要攔轎子！

街道熙來攘往，十分熱鬧。

紫薇帶著金瑣，站在路邊張望。她的手裡，緊緊的攥著一個長長的包袱。包袱裡面，是她看得比生命還重要的兩樣東西。這兩樣東西，曾經把大明湖邊的一個女子，變成終身的俘虜。

紫薇，帶著一份難以壓抑的哀愁，看著那行人來往穿梭的街道。心裡模糊的想著，每個人都有自己的目的和方向，只有她，卻這麼無助！

行人們走去走來，都會不自禁的深深看紫薇一眼。紫薇，她是相當美麗的。儘管打扮得很樸素，穿著素淨的白衣白裙，臉上脂粉不施，頭上，也沒有釵環首飾。但是，那彎彎的眉毛，明亮的眼睛，和那吹彈得破的皮膚，那略帶憂愁的雙眸，在在都顯示著她的高貴，和她那不凡的氣質。再加上緊跟著她的金瑣，也是明眸皓齒，亮麗可人。這對俏麗的主僕，雜在匆忙的人群中，依然十分醒目。

街道雖然熱鬧，卻非常安詳。

忽然間，這份熱鬧和安詳被打破了。

一陣馬蹄雜沓，馬路上出現了一隊馬隊，後面緊跟著手拿『肅靜』『迴避』字樣的官兵。再後面是梁大人的官轎，再後面是兩排整齊的衛隊，用劃一的步伐，緊追著轎子。一行人威風凜

凜，囂張的前進著。

馬隊趕著群眾，官兵吆喝著。

『讓開！讓開！別擋著梁大人的路！』

紫薇神情一振，整個人都緊張起來，她匆匆的對金瑣喊：

『金瑣！我得把握機會！我出去攔轎子，妳在這兒等我！』

紫薇一面說，一面從人群中飛奔而出。金瑣急忙跟著衝出去。

『我跟妳一起去！』

紫薇和金瑣，就不顧那些官兵隊伍，直奔到馬路正中，切斷了官兵的行進，攔住轎子，雙雙跪下。紫薇手中，高舉著那個長形的包袱。

『梁大人！小女子有重要的事要稟告大人，請大人下轎，安排時間，讓小女子陳情……梁大人……梁大人……』

轎子受阻，被迫停下，官兵惡狠狠的一擁而上。

『什麼人？居然敢攔梁大人的轎子？』

『把她拖下去！』

『滾開！滾開！有什麼事，去衙門裡說……』

官兵們七嘴八舌，對兩個姑娘怒罵不已。

金瑣忍不住就喊了出來：

『我們已經去過衙門好多次了，你們那個「太常寺」根本就不辦公，梁大人從早到晚不上衙門，我們到那裡去找人？』

一個官兵怒吼著說：

『我們梁大人明天要娶兒媳婦，忙得不得了，這一個月都不上衙門！』

紫薇一聽，梁大人一個月都不上衙門，就沈不住氣了，對著轎子情急的大喊：

『梁大人！如果不是萬不得已，我也不會攔住轎子，實在是求助無門，才會如此冒犯，請梁大人抽出一點點時間，聽我稟告，看看我手裡的東西……』

官兵們早已七手八腳的拉住紫薇和金瑣，不由分說的往路邊推去。

『難道梁大人只管自己兒子的婚事，不管百姓的死活嗎？』紫薇伸長脖子喊。

『呼啦』一聲，轎帘一掀，梁大人伸了一個頭出來。

『那兒跑來的刁民，居然敢攔住本官的轎子，還口出狂言，是活得不耐煩了嗎？』

紫薇見梁大人露面，就拚命掙扎著往回跑。

『梁大人！聽了我的故事，你一定不會後悔的……請你給我一點點時間，只要一點點就好……』

『誰有時間聽妳們的故事？閒得無聊嗎？』梁大人回頭對官兵吼著：『別耽擱了！快打轎回府！』

梁大人退回轎子中，轎子迅速的抬了起來，大隊隊伍，立刻高喊著『迴避』『肅靜』向前繼續前進。

紫薇和金瑣被官兵一推，雙雙摔跌在路旁。

圍觀群眾，急忙扶起二人。一個老者，搖頭嘆氣的說：

『有什麼冤情，攔轎子是沒有用的，還是要找人引見才行！』

紫薇被摔得頭昏腦脹，包袱也脫手飛去。金瑣眼明手快，奔過去撿起包袱，撲掉灰塵，拿過來，幫紫薇緊緊的繫在背上。一面氣沖沖的說：

『這個梁大人是怎麼回事？他兒子明天娶媳婦，他就可以一個月不上衙門，我們要怎麼樣才能見著他呢？小姐，我們的盤纏已經快用完了，這樣耗下去，要怎麼辦啊？我看這個梁大人兇巴

巴的，不大可靠，我們是不是另外找個大人來幫幫忙比較好？」

路邊那個老者，又搖頭嘆氣：

「天下的「大人」都一個樣，難啊！難啊！」

紫薇看著那消失的衛隊和轎子，摸摸自己背上的包袱，不禁長長的嘆了口氣。片刻之後，她整整衣服，振作了一下，堅決的說：

「不要灰心，金瑣。我一定可以想出辦法來見這個梁大人的！見不著，再想別的門路！」說著，她忽然想到什麼，眼睛一亮。『他家明天要辦喜事，總不能把賀客往門外趕吧？是不是？』

「小姐，妳是說……」

「準備一份賀禮，我們明天去梁府道賀！」

紫薇並不知道，她這一個決定，就決定了她的命運。因為，她會在這個婚禮上，認識另一個女子，她的名字叫作小燕子。

小燕子是北京城芸芸眾生中的一個小人物。今年也是十八歲。

在紫薇攔轎子的這天晚上，小燕子穿著一身『夜行衣』，翻進一家人家的圍牆。這家人第二天就要嫁女兒，正是要嫁進梁府。用小燕子的語言，她是去『走動走動』，看看有什麼東西『可拿』！新娘子嫁妝一定不少，又是嫁給梁府，不拿白不拿！她翻進圍牆，開始一個一個窗子去張望。

她到了新娘子的窗外，聽到一陣嗚嗚咽咽的飲泣聲。舔破了窗紙，她向裡面張望，不看還好，一看大驚失色，原來新娘子正爬在一張凳子上，脖子伸進了一個白綾圈圈，踢翻了椅子在上吊！她忘了會暴露行藏，也忘了自己的目的，想也沒想，就一推窗子，穿窗而入，嘴裡大叫：

『不好了！新娘子上吊了！』

梁府的婚禮非常熱鬧。

那天，紫薇穿了男裝，化裝成一個書生的樣子，金瑣是小廝。自從去年十月離開濟南，她們一路上都是這樣打扮的。雖然，她們自己也明白，兩個人實在不太像男人，但是，除了女扮男裝，也不知道該怎樣辦才好，女裝未免太引人注目了。好在，一路上也沒出什麼狀況，居然就這樣走到了北京。

婚禮真是盛大非凡。她們兩個，順利的跟著成群的賀客們，進了梁府的大門。

吹吹打打，鼓樂喧天。新娘子被一頂華麗的大轎子抬進門。

紫薇忍耐著，好不容易，等到新娘鳳冠霞帔的進了門，三跪九叩的拜過天地，扶進洞房去了。梁大人這才從『高堂』的位子走下來，和他那個趾高氣昂的兒子，眉開眼笑的應酬著賓客。

紫薇心想，這個機會不能再放過了，就混在人群中，走向梁大人。

『梁大人……』紫薇扯了扯梁大人的衣袖。

『你是？……』梁大人莫名其妙的看看紫薇。

紫薇有所顧忌的看看鬧烘烘的四周。

『我姓夏，名叫紫薇。有點事想麻煩梁大人。能不能借一步說話？』

『借一步說話？爲什麼？』

這時，梁大人的兒子興匆匆的引著一名老者過來，將紫薇硬給擠了開去。

『爹，趙大人來了！』

梁大人驚喜，忙不迭迎上前去。

紫薇不死心的跟在梁大人身後，亦步亦趨。心裡實在很急，說話也就不太客氣：

『梁大人，該上衙門當差你不去，到你家裡跟你說句話也這麼困難，難道你一點都不在乎百姓的感覺嗎？』

梁大人看著這個細皮白肉，粉妝玉琢的美少年，有些驚愕。

『妳是那家的姑娘，打扮成這個模樣？去去去，妳到外面玩去！親戚們的姑娘都在花廳裡，妳去找她們，別追在我後面，妳沒看到我在忙嗎？』

『昨天才見過，你就不記得了嗎？攔轎子的就是我，夏紫薇！』

『什麼？妳混進來要做什麼……』梁大人大驚，這才真的注意起紫薇來。

誰知，就在這個時候，一個突發的狀況，驚動了所有的賓客。

一個紅色的影子，像箭一般直射而來，闖進大廳。大家一看，不禁驚叫，原來狂奔而來的竟是新娘子！她的鳳冠已經卸下了，臉上，居然是清清爽爽，脂粉不施。她的背上，背著一個龐大的、用喜幛包著的包袱。在她的身後，成群的喜娘、丫頭、家丁追著她跑，喜娘正尖聲狂叫著：

『攔著她！她不是新娘子！她是一個女飛賊呀……』

那個『女飛賊』正是小燕子。她橫衝直撞，一下子就衝了過來，竟然把梁大人撞倒在地。所有的賓客都驚呼出聲。紫薇和金瑣，也看呆了。這個局面實在太可笑了。新娘子穿著一身紅，背

著紅色大包袱，在大廳裡跳來跳去，一群人追在後面，就是接近不到她，看來，她還有一些身手。

梁大人從地上爬起來，被撞得七葷八素。

『這是怎麼回事？』

喜娘氣極敗壞的跑著，追著小燕子喊：

『新娘子不見了呀！她不是程家小姐，是個小偷……快把她抓起來呀！』

滿屋子的客人，發出各種驚嘆的聲音。

『什麼？新娘子被掉包了？豈有此理！』梁大人大叫：『新娘子去了那兒？』

『不知道呀，我剛才進房裡的時候，看到這丫頭穿著新娘的衣裳在偷東西！她把整個新房都掏空了，全背在背上呢！』喜娘喊著。

『來人呀！』梁大人怒吼著：『快把她給我抓起來！』

一大群家丁，衝進房間裡來抓人。

小燕子在大廳裡碰碰撞撞，一時之間，竟脫身不得。身上的大包袱，不是撞到人，就是撞到家具，所到之處，桌翻椅倒，杯杯盤盤，全部跌碎，落了一地。賓客們被撞得東倒西歪，大呼小

叫，場面混亂已極。當家丁們衝進來之後，房間裡更擠了。小燕子忙拿起桌上的茶杯糖果為武器，乒乒乓乓的向家丁們擲過去。嘴裡大喊著：

『你們別過來啊！過來我不客氣了！看招！』

梁大人又羞又怒，氣得跺腳。

『新娘子一定被她藏起來了！快抓住她！仔細審問！』

家丁大聲應著，奮勇上前，和小燕子追追打打。不料，這個『女飛賊』還有一點武功，身手敏捷，背著個包袱，還能揮拳踢腿，把那些家丁打得唏哩嘩啦，跌的跌，倒的倒。可惜背上的包袱太大，東撞西撞，施展不開。她忽而跳上桌，忽而跳下地，把整個喜氣洋洋的大廳，打得落花流水。

紫薇和金瑣看得目瞪口呆，對這個『女飛賊』折服不已。金瑣忍不住對紫薇低語：

『哈！這個女飛賊，幫我們報了攔轎子的仇了！這就叫……』

『惡人偏有惡人磨！』紫薇笑了。心想，這個女飛賊，還不一定是『惡人』呢！

小燕子幾次想衝到窗前，都被背上包袱所阻。家丁卻越湧越多。她四下一看，見情勢不妙，當機立斷，飛快的卸下包袱，一把拉開，金銀珠寶頓時滿天洒下。她大嚷：

『看呀！梁貪官的家裡，什麼都有，全是從老百姓那兒搜刮來的！大家見到的都有份！來呀！來搶呀！誰要誰拿去，接著啊……不拿白不拿！』

賓客見珍珠寶貝四散，驚呼連連，擁上前去觀看，忍不住就搶奪起來。

小燕子乘隙逃竄。逃到紫薇和金瑣身邊，紫薇看了金瑣一眼，雙雙很有默契的遮了過去，擋住了她，小燕子頓時穿窗而去。

梁大人怒不可遏，暴跳如雷。

『反了反了！天子腳下，居然有這樣荒唐的事……追賊呀！大家給我追呀……』

廳裡的人，追的追，跑的跑，喊的喊，擠的擠，撿的撿……亂成一團。

紫薇拉拉金瑣，在這一片混亂中，出門去了。

出了梁府的大門，紫薇和金瑣走在路上，兩人雖然沒辦成自己的事，卻不知道爲了什麼，興奮得很。

『這天下之大，真是無奇不有，這個婚禮，真讓我大開眼界了！』紫薇說。

『那個女飛賊，膽子不小，可惜武功不高，這下要空手而回了！可惜可惜！』

『空手而回還沒關係，別被抓起來才是真的！』

正說著，街上就傳來一陣吆喝聲，一隊官兵衝散行人，其勢洶洶。

『讓開！讓開！不要礙著咱們抓賊！有沒有人看到一個紅衣女子？有沒有？誰藏著女賊，和女賊一起抓起來！知道的人快說！』官兵們嚷嚷著。

行人搖頭，紛紛走避。

官兵走到紫薇金瑣身前，仔細看二人，揮手說道：

『讓開讓開！別擋著路！到一邊去！』

紫薇、金瑣往路邊一退，紫薇撞到路邊一只遭棄置的籐籃。忽然覺得有人拉了拉自己的衣襟，紫薇低頭一看，嚇得差點張口大叫。

原來籐籃中，赫然躲著那個『女飛賊』！

小燕子仰頭看著紫薇，清秀的臉龐上，有對烏黑烏黑的眸子，閃亮閃亮的。紫薇對她，竟然生出一種莫名的好感來。此時，她雖然狼狽，臉上仍然帶著笑，雙手合十，拚命對紫薇作揖，求她別嚷。

紫薇眼看官兵快要走近，籐籃又無蓋遮掩，她急中生智，猛然一屁股坐在籃子上，打開摺

扇，好整以暇的搧著風。

官兵經過兩人身邊，打量紫薇、金瑣數眼，見兩人氣定神閒，便匆匆而去。

紫薇直到官兵轉入巷道，不見蹤影，這才站起。

『人都走光了，妳出來吧！』紫薇低頭喊。

小燕子誇張的揉著腦袋，從籃子裡站了起來。瞪著紫薇，大大一嘆。

『完了完了！給妳屁股這樣一坐，我今年一定會倒楣！』

『喂，妳這人懂不懂禮貌呀！』金瑣不服氣的衝口而出：『如果不是有我們幫妳，這會兒妳早就被官兵抓走了呢！』

小燕子拉著那件長長的禮服，揖拜到地。

『是，小燕子一天之內，被妳們幫了兩次，不謝也不成！我謝謝兩位姑娘救命之恩，這總行了吧？』

小燕子，原來她的名字叫小燕子。紫薇想著，又奇怪的問：

『妳怎麼看出我們是女的？』

『剛才在梁家，我一眼就看出妳們兩個女扮男裝來了，要不，怎麼對著妳笑呢？我勸妳別扮

男裝了，這麼細皮白肉的，那像呢？』說著，就得意起來：『我不騙妳們，這不管是男扮女，還是女扮男，扮老扮少，扮俊扮醜，我最內行了！改天有機會，我再傳授妳們兩招，告辭了。』

小燕子脱下紅色的禮服，打個結往背上一背，轉身要走。

『等一下！我問妳，妳把人家新娘子藏到那兒去了？』紫薇好奇的問。

『這個嘛，恕我不便奉告！』

『妳劫持新娘，盜取財物，又大鬧禮堂，害得梁家的婚禮結不成，妳會不會太過分了？難道妳不怕闖出大禍來？妳知不知道妳這麼做是犯法，要被關起來的。』

『我犯法？妳有沒有搞錯，我小燕子向來是路見不平，拔刀相助的女英雄，我會犯法?!犯法的是梁家那對父子，妳懂不懂？』她瞪著大眼睛，抬高聲音說著，看到紫薇一臉茫然，恍然大悟。『妳們是從外地來的是吧？』

紫薇點點頭。

『那就難怪了，妳們知不知道，梁家父子根本就不是好東西！看人家姑娘長得漂亮，也不管人家訂過親沒有、願不願意，就硬是要把程姑娘娶進門。』

『妳怎麼會知道的？』

『事情就是巧極了，昨兒夜裡，我一時高興，到程家去「走動走動」，就給我撞到一件大事，原來，新娘子正在上吊，被我救下來了！那個程姑娘才哭哭啼啼，告訴我的！妳想，我小燕子碰到這種事，怎麼可能不幫忙呢！』

『有這種事？』紫薇悚然而驚。

『我騙妳幹什麼！現在我可以走了吧？』

『那程姑娘人呢？』

小燕子瞧瞧四周，發現沒有人在注意她們的談話。就壓低嗓子說：

『她已經連夜逃走了！現在，早就到安全的地方去了！』

『逃得掉嗎？梁家一找，不就知道你們是一黨了？還會放過程家人嗎？』

『我們早就套好詞了，程家現在正準備大鬧梁府，問他們要女兒呢！反正，一口咬定，女兒被梁家弄丟了就對了！』

『妳真是膽大包天，妳不怕被逮住呀？』紫薇真是又驚又稀奇。

『我？我會那麼容易就叫人逮住?!哼！妳們也太小看我了，我小燕子是出了名的來無影，去無蹤，天不怕地不怕，沒人留得住我的。』

『這會兒人都走光了，當然由得妳吹嘍！……』金瑣笑了。

小燕子也笑了。紫薇和小燕子，就忍不住彼此打量起來。紫薇看到小燕子長得濃眉大眼，英氣十足，笑起來甜甜的，露出一口細細的白牙。心裡就暗暗喝采，没想到，『女飛賊』也能這樣漂亮！小燕子看到紫薇男裝，仍然掩飾不住那種嬌柔嫵媚，心想，所謂『大家閨秀』，大概就是這個樣子了！兩人對看半晌，都有一見如故的感覺。但是，小燕子是没什麼耐心的，這街道上還有追兵，不是可以逗留的地方。就看了看那件綴滿珠寶的新娘裝，一笑說：

『幸好還撈到一件新娘衣裳，總可以當個幾文錢吧！再見嘍！』

小燕子就頭也不回的，揚長而去了。

紫薇看著她的背影，這樣的人，是她這一生從來没有見過的。她活得那麼瀟洒，那麼自信，那麼無憂無慮！一時之間，紫薇竟然羨慕起小燕子來了。

紫薇並不知道，小燕子注定要在她生命裡扮演一個重要的角色。小燕子，她和紫薇，來自兩個截然不同的世界，應該是八竿子打不著的。可是，命運對這兩個女子，已經作了一番安排。天意如此，她們要相遇相知，糾糾纏纏。

2

紫薇和小燕子第二次見面，是在半個月以後。

那天，她的心情低落。到北京已經一段日子了，自己要辦的事，仍然一點眉目都沒有。眼看身上的錢，越來越少，真不知道是不是放棄尋親，回濟南去算了。金瑣看到紫薇悶悶不樂，就拉著紫薇去逛天橋。

到了天橋，才知道北京的熱鬧。

街道上，市廛櫛比，店鋪鱗次，百藝雜耍俱全。

地攤上，擺著各種各樣的古玩、磁器、字畫。琳瑯滿目，應有盡有。

紫薇、金瑣仍然是女扮男裝。紫薇背上，背著她那個看得比生命還重要的包袱。紫薇不時用手勾著包袱的前巾，小心翼翼的保護著。

兩人走著走著，忽然聽到群衆鬨然叫好的聲音，循聲看去，有一群人在圍觀著什麼。兩人就好奇的擠進了人群。

只見，一對勁裝的年輕男女，正在拳來腳去的比畫著。地下插了面錦旗，白底黑字繡著『賣藝葬父』四個字。

那一對男女，一個穿綠衣服，一個穿紅衣服，顯然有些功夫，兩人忽前忽後，忽上忽下，打得虎虎生風。

金瑣忽然拉了紫薇一把，指著說：

『妳看妳看，那個大鬧婚禮的小燕子也在耶，妳看到没有？』

紫薇伸頭一看，原來小燕子也在人群中看熱鬧。兩人眼光接個正著，小燕子楞了一下，認出她們兩個了，不禁衝著她倆咧嘴一笑，紫薇就答以一笑。小燕子便掉頭看場中賣藝的兩人。

此時，兩人的賣藝告一段落。兩人收了勢，雙雙站住。男的就對著圍觀的群衆，團團一揖，用山東口音，對大家說道：

『在下姓柳名青，山東人氏，這是我妹子柳紅。我們兄妹倆隨父經商來到貴寶地，不料本錢全部賠光，家父又一病不起，至今没錢安葬，因此斗膽獻醜，希望各位老爺少爺、姑娘大嬸，發發慈悲，賜家父薄棺一具，以及我兄妹回鄉的路費，大恩大德，我兄妹來生做牛做馬報答各位！』

那個名叫柳紅的姑娘，就眼眶裡蓄滿了淚水，捧著一只錢缽向圍觀的群衆走去。群衆看熱鬧看得非常踴躍，到了捐錢的時候，就完全不同了，有的把手藏在衣袖裡不理，有的乾脆掉頭就走。只有少數人肯掏出錢來。

『他們是山東人，跟咱們是同鄉呀！』紫薇轉頭看金瑣，激動的開了口。

金瑣對紫薇搖搖頭，按住紫薇要掏錢包的手。

這時，小燕子忽然躍入場中，拿起一面鑼，敲得『哐哐哐』的好大聲。一面敲著，一面對群衆朗聲的喊著：

『大家看這裡，聽我說句話！俗話說得好，在家靠父母，出外靠朋友！各位北京城的父老兄弟姐妹大爺大娘們，咱們都是中國人，能看著這位山東老鄉連埋葬老父、回鄉的路費都籌不出來嗎？俗語說，天有什麼雨什麼風的，人家出門在外，碰到這麼可憐的情況，我看不過去，你們大

家看得過去嗎？我小燕子沒有錢，家裡窮得答答滴，可是……』她掏呀掏的，從口袋裡掏出幾個銅板來，丟進柳紅的缽子裡。『有多少，我就捐多少！各位要是剛才看得不過癮，我小燕子也來獻醜一段，希望大家有錢出錢，有力出力，務必讓這山東老鄉早日成行！柳大哥，咱們比畫比畫，請大家批評指教，多多捐錢啊！請！』

小燕子朝柳青抱拳一揖，然後就閃電一般的對柳青一拳打去。

柳青慌忙應戰，兩人拳來腳往，打得比柳紅還好看。小燕子的武功，顯然不如柳青，可是，柳青大概是太感動了，不敢傷到小燕子，難免就顧此失彼。小燕子有意討好觀眾，一忽而摘了柳青的帽子，一忽而又把帽子戴到自己頭上，一忽而又去扯柳青的腰帶，拉柳青的衣領，像個淘氣的孩子。弄得柳青手忙腳亂，應接不暇。

圍觀的群眾，不禁哈哈大笑。

柳紅趁此機會，捧著錢缽向眾人走去。

紫薇再也忍不住了，伸手掏錢。金瑣急忙提醒她：

『我們剩的那些錢，已經快不夠付房錢了……』

『看在都是山東人的份上，也不能不幫呀！何況，連小燕子都慷慨解囊了！我怎麼能袖手旁

觀呢？』紫薇有些激動的說，已經掏出一小錠銀子放入鉢中。

『喏，這個給妳！姑娘，我誠心祝福你們兄妹能夠早日回鄉！』

柳紅看到紫薇出手就是銀錠子，不禁一怔，有些不安的看看紫薇，彎腰道謝，便匆匆向前繼續募捐。經過小燕子的起鬨，紫薇的慷慨，群衆也都感動了，紛紛解囊。錢鉢裡漸漸裝滿。

紫薇和金瑣渾然不知，自己的出手，和背上的包袱已經引起歹徒的注意。有個大漢，一聲不響的蹭到兩人身後，輕悄而熟練的抽出匕首來，割斷紫薇背上包袱的兩端，拿著包袱，轉身就跑。

小燕子和柳青的表演賽正在高潮，小燕子要偷襲柳青，不料卻被柳青揪住褲腰，單手舉在半空中，小燕子嚇得哇哇大叫：

『好漢饒命，我下次不敢了！救命啊！』

衆人哈哈大笑。

小燕子在半空中，忽然看見歹徒偷了紫薇的包袱，正要溜走。不禁放聲大喊：

『那兒來的小偷！別走！你給我站住！』

小燕子這樣一喊，歹徒拔腿就跑，柳青大吼一聲，用力把小燕子向外一擲，小燕子如紙鷂般

飛過衆人的頭頂，落下地，就向歹徒追去。

紫薇這才驚覺，伸手一摸，包袱已經不翼而飛，嚇得魂飛魄散。

『天啊！我的包袱！』

『快去追啊！』金瑣喊著，拉著紫薇，没命的奔向歹徒的方向。

柳青和柳紅兩兄妹，也顧不得賣藝了，兩人腳不沾塵的，也追向小燕子。

紫薇和金瑣，跌跌衝衝的跑了好半天，這才看到，在一條巷子裡，小燕子、柳青、柳紅三個圍住了歹徒，正打得天翻地覆。小燕子一面打，一面痛罵不已：

『在我面前賣功夫，你簡直瞎了眼！還不給我把包袱放下！』

柳青也破口大罵：

『大膽毛賊，居然敢對我們的客人動手！看掌！』

歹徒那裡是這三人的對手，被打得七零八落。幾下子，就被小燕子抓住了衣領。

『你要偷要搶，也要看看對象，人家也是出門在外的人，你偷了別人的盤纏，教人怎麼回家？簡直是個下三濫！』

歹徒知道今天栽了，憤憤不平的大嚷：

『大家都是走江湖，怎麼你們可以用騙的，我不可以用偷的？』

『你還有得說？我們是讓人家心甘情願拿出來，你算什麼？』小燕子大喊。

『還不把東西交出來？想送命嗎？』柳青也一拳打過去。

『不給你一點厲害的瞧瞧，你不服氣，是不是？』柳紅又一拳打過去。

歹徒知道沒戲可唱了，大吼一聲，抛出手中包袱。乘機飛逃而去。

紫薇看著包袱畫過空中，不禁狂奔過去接包袱。

紫薇尚未接到包袱，小燕子已飛掠過去，穩穩的托住包袱，笑嘻嘻的一站。

『姑娘！謝謝妳，爲我追回了包袱，如果這些東西丟了，我就活不成了！』紫薇喘著氣，氣極敗壞的說。

『這麼嚴重？裡面有多少金銀珠寶呀？妳趕快看看，有沒有被掉包啊？』小燕子挑著眉毛說。

一句話提醒了紫薇和金瑣兩個，立刻緊緊張張的拆開包袱，小燕子好奇的伸頭一看，只見包袱裡還有包袱，層層包裹；紫薇一層層解開，裡面，赫然是一把摺扇和一個畫卷。紫薇見東西好好的，不禁長長的鬆了一口氣，把字畫緊貼在胸口抱了抱。眼眶都濕了。

『謝天謝地！東西都在！』

小燕子睜大了眼睛。

『搞了半天，妳這裡面沒有金銀財寶，只有破字畫，早知道就不幫妳追了！費了我們那麼大的勁兒！』

『妳不知道，這些可是我們小姐的命，比任何金銀財寶都重要！』金瑣慌忙解釋。

『謝謝妳們捐了那麼多銀子，不好意思！現在，幫妳們追回字畫，算是回敬吧！』柳紅對紫薇笑了笑。

『好了，東西找回來，就沒事啦！小燕子，咱們還去「賣藝葬父」呢？還是今天就收工了？』柳青問小燕子。

紫薇這才驚覺，原來三人是一夥的，愕然的看著三人。

『原來……你們不是賣藝葬父，是在演戲？』

小燕子嘻嘻一笑，滿不在乎的說：

『演得不壞吧？我的武功雖然不怎麼樣，我的演技可是第一流的！』

紫薇啼笑皆非。

小燕子看看紫薇主僕。見兩人文文弱弱，一副很好欺負的樣子，不知怎的，就對兩個人有點不放心。她那愛管閒事的個性，和生來的熱情就一起發作了，摔了摔頭，她豪氣的說：

『妳們住那裡？我閒著也是閒著，送妳們一程！』就轉頭對柳青柳紅揮揮手：『今天不用幹活了！大雜院見！』

當小燕子走進紫薇客棧的房間，忍不住就驚叫：

『哇！住這麼講究的房間，妳們一定是有錢人！』

『什麼有錢人，已經快要山窮水盡了！』紫薇嘆口氣，抬頭看著小燕子：『姑娘，再謝妳一次！』

『別姑娘姑娘的亂叫，叫我小燕子就成了。上回妳們幫過我，咱們一報還一報，算是扯平了。我走了！』轉身就要走。

『等一下！』紫薇喊著，誠摯的看著小燕子，柔聲的說：『爲什麼要騙人呢？賺這種錢，妳不會問心有愧嗎？』

『問心有愧？爲什麼要問心有愧？我又演戲給大家看，又表演武術給大家看，還要賣給大家

看，今天還奉送了一場「捉賊記」，這麼精彩，值得大家付費欣賞吧！』

紫薇見小燕子振振有詞，不禁失笑。

『我從沒見過妳這樣的人，騙了別人，好像還很心安理得的樣子！我覺得，妳利用大家的同情心，騙取錢財，多少有點不夠光明，我看妳和那柳家兄妹，年紀輕輕，又有一身好功夫，爲什麼不做一點正經八百的事？』

『哈！妳算什麼女學究，動不動就訓人？我們靠本事賺錢，有什麼不對？』

『騙人就不對！』

『那妳們主僕兩個，一天到晚穿著男裝到處晃，不是在騙人嗎？』

紫薇一怔，竟答不出話來。

『活在這個世界上，想要不騙人，實在是不太容易的事！妳想想看，妳從小到大，沒撒過謊嗎？不可能的！我們本來就生在一個人騙人的世界裡！我知道妳是讀過書的大家小姐，可別被那些大道理，弄成一個書呆子！如果妳不會騙人，妳就會被別人騙！騙人和被騙比起來，還是騙人比較好！嘻嘻！』

紫薇驚異而稀奇的看小燕子。

『哇！妳的大道理比我還多！我說一句，妳說了好多句！聽起來，好像我還很沒道理似的！』

『道理是一回事，生活是另外一回事！道理可填不飽肚子！』

紫薇深深的凝視著小燕子。

『我們萍水相逢，真是有緣。雖然兩次見面，情況都滿離譜，可是，不知道為什麼，我對妳竟然有種「一見如故」的感覺。好喜歡妳的瀟洒，好欣賞妳的自由。所以，忍不住就講出心裡的話來了！妳不要介意，我覺得妳這種過日子的方式，實在有些旁門左道！為什麼不去找個工作做呢？』

『找工作？妳說的容易！到那兒去找？柳青柳紅也找過，要不就被人當奴才，要不就被人當把戲，受氣不說，還吃不飽，穿不暖！再說，我們那大雜院裡，住了一院子老老小小，都是無依無靠的可憐人，如果我們不照顧他們，他們靠誰去？』小燕子聳聳肩，看紫薇。『沒辦法！妳說那個什麼門？什麼道？』

『旁門左道！』紫薇一楞，接口。

『旁門左道？哈！我學了一個新詞！這個門和道大概不是好門道，可好歹還能混點錢，咱們

雖然騙得大家掏腰包，並沒有強迫誰一定要拿出來！妳知道嗎？有錢做好事的人，都不是沒飯吃的人！比起我們那個大雜院，就強太多了！』

『妳那個大雜院，住了好多無家可歸的人呀？』紫薇聽得一愣一愣的。

『可不是嗎？大家常常餓肚子，生了病，也沒錢治，好可憐啊！上個月，季老奶奶就在沒錢買藥的情況下，悽悽慘慘的走了！』

『哦！』

『算了，別說了，說了妳也不懂的！』

『不，我懂，我全都懂！』

『妳懂什麼？妳有爹有娘，有吃有穿，還有丫頭侍候著，妳根本就是個不知道人間疾苦，不知道天高地厚，也不知道挨餓受凍是什麼滋味的千金大小姐！』

紫薇嘆了口氣。

『我雖然沒有挨餓受凍，可是，我娘死了，我逼不得已，離鄉背井，千里迢迢來北京尋找我爹，爹沒找著，卻到處碰釘子，受人氣……幾乎已經走投無路了，我也有我的辛酸啊！』

『妳說什麼？妳不是偷偷帶著丫頭溜出來玩，玩膩了就要回家的大小姐？』

紫薇苦笑搖頭。

『我早就沒有家了，妳要我回那去？』

小燕子懷疑的盯著紫薇看，又看看金瑣。

金瑣忍不住插嘴了。

『我們小姐，是來北京尋親的！離開濟南的時候，已經做了破釜沈舟的打算，把房子賣了，才有路費來北京！誰知道一走就走了半年，現在，路費都快要完了，如果再找不到她爹，就簡直不知道要怎麼辦了！』

小燕子同情的看著紫薇。

『原來，妳也沒有娘，又找不著爹……唉！比我也差不了多少！我是連爹娘長什麼樣都不知道，到處流浪著長大的！』

紫薇和小燕子，彼此深深互視，都有『同是天涯淪落人，相逢何必曾相識』之感。

『北京城可大著呢，要找個人不是那麼容易的事，妳爹到底住那兒？妳有譜沒有？』小燕子問。

紫薇猶豫了一下，想說什麼，金瑣深怕紫薇在一個衝動之下，說出天大的祕密，就急忙接口

說：

『當然有一些線索，只是失散的時間太久，找起來要費一點功夫！恐怕還不是短時間辦得到的！』

小燕子立刻豪氣的一笑。

『如果用得著我，我一定全力幫忙，打聽人和事，我還有點辦法……不過，都是「旁門左道」的辦法喲！我住在柳樹坡狗尾巴衚衕十二號，一個大雜院裡，有事，儘管找我！』就伸手給紫薇：『我的名字妳已經知道啦！小燕子！妳呢？』

紫薇好感動，將小燕子的手緊緊一握。

『我姓夏，名叫紫薇。就是紫薇花那個紫薇！』

『好美的名字，人和名字一樣美！』

『妳還不是！』

小燕子大笑，紫薇也忍不住笑了起來。

笑完了，兩人彼此看著看著，雖然出身不同，背景不同，受的教養更是完全不同，兩人之間，竟然閃耀出一種神奇的友誼。人間，這種『神奇』，是所有故事的原動力。是人與人之間最

微妙最可貴的東西。

紫薇就這樣認識了小燕子。改變了兩個女子以後的生命。

紫薇和小燕子第三次見面，是在狗尾巴衚衕的大雜院裡。

那天，紫薇特地來到大雜院，拜訪小燕子。在一群孩子的包圍下，在柳青柳紅的驚訝中，小燕子從房間裡奔出來，拉著紫薇的手樂不可支。

『找不著妳爹，所以來找我了？需要我的「旁門左道」來幫忙，是不是？』小燕子嘰哩呱啦的喊著。

金瑣插嘴了：

『我們小姐不是來求助的，是來「助人」的！』

『啊？』小燕子不解。

紫薇笑笑，從懷裡拿出一個錢袋，塞進小燕子的手裡。誠摯的說：

『這兒是幾錠碎銀子，我湊合出來的！上次聽妳說，這兒好多人都沒飯吃，沒錢看病，心裡一直很難過……可惜我也是泥菩薩過江，自身難保。沒辦法多拿出什麼來，盡一點點自己的力量

而已，妳收著！給大夥兒用！』

小燕子驚愕極了，睜大了眼睛，不敢相信的看著紫薇。

『妳上次不是說，妳也快走投無路了嗎？妳那兒來的錢？』

『小姐把太太留給她的一對翡翠耳環，和翡翠鐲子，都給賣了！』金瑣說。

柳青、柳紅不相信的看著紫薇。

『妳把妳娘給妳的紀念品給賣了？』

『反正我也用不著！擱在身上挺礙事的，我整天跑來跑去的，都不知道藏在那兒好。說不定那一天，就被小偷偷走，或者，被強盜搶走！賣了反而乾淨！』紫薇笑笑說。

小燕子一瞬也不瞬的看著紫薇。

『我從沒有遇到過像妳這樣的人！我相信，在這個世界上，妳是絕無僅有的了！難道……妳不怕，我是裝窮來騙妳的！』

紫薇看看院子裡的老人和孩子。

『我知道妳不是騙我的！』

小燕子太感動了。從小，她無父無母，成長的過程，充滿了苦難和艱辛，這是第一次，她遇

到這麼『高貴』的人，對她沒有輕視，只有信任。這使她整顆心都熱騰騰起來，一把握住紫薇的手，她就熱情洋溢的喊道：

『我看，妳乾脆搬到我這來，和我一起住吧！』

『搬到這兒來？』紫薇一怔。

『怎麼？妳嫌這地方太破爛，配不上妳大小姐的身分？』

『妳又來了，我跟妳說過，我現在的情況還不如妳呢，妳至少還有這麼個地方住，還有好多朋友作伴，我是什麼都沒有！』

『那麼，妳還猶豫什麼？搬過來算了！我這裡雖然簡陋，但是還寬敞，多妳們兩個人絕不成問題！妳不是說不知道那年那月才能見到妳爹嗎？現在，妳把妳娘給妳的首飾也賣了，住客棧每天要錢，妳還夠撐多久？再說，那個客棧裡人來人往，複雜得很！我看妳們兩個一點心機都沒有，搞不好被人騙去賣了，都說不定！』

紫薇失笑了。

『那有那麼笨？又不是傻瓜，怎麼會被人騙去賣了呢？』

小燕子拚命點頭。

『會會會！我看就會！妳瞧，對於一個從不認識的我，妳都把貼身家當拿出來了，妳不知道我一天到晚在騙人嗎？妳這麼天真，怎麼從濟南走到北京的，我都奇怪得很，應該老早就出事了！』

『妳把人心想像得太壞了！妳看，妳對我還不是一點都不瞭解，就邀我來家裡住，可見，人間處處有溫情呢！』紫薇笑著說。

『我不同！我是江湖豪傑，妳碰到我，是妳命裡遇到貴人啦！』

『是！』紫薇更是笑。

『說了半天，妳到底要怎樣呢？還要住客棧嗎？』

紫薇挑起眉毛，乾脆的說：

『當然搬過來，和我的「貴人」一起住啦！』

就這樣，紫薇和金瑣，也搬進了大雜院。成爲大雜院裡，三教九流裡的另一類人物。成爲小燕子的好友、知己、和姐妹。

一個月以後，紫薇和小燕子就在大雜院中，誠誠懇懇的燒了香，拜天拜地，結爲姐妹。金

瑣、柳青、柳紅、和大雜院裡的孩童們、老人們全是見證。

小燕子跪在香案前，對著天空說了一大串話：

『天上的玉皇大帝，地下的閻王菩薩，還有柳青柳紅金瑣和所有看得見我們、看不見我們的人，還有貓兒狗兒鳥兒老鼠蛐蛐兒……各種動物昆蟲，還有花兒樹兒雲兒月兒……你們都是我小燕子的見證，我今天和夏紫薇結爲姐妹，從今天起，有好吃的一起吃，有好穿的一起穿，和親姐妹一模一樣，如果違背誓言，會被亂刀砍死！五馬分屍！』

小燕子說完後，清澈的雙眸看著紫薇。

『紫薇，該妳了！』

紫薇誠心誠意的也拜了八拜。

『蒼天在上，后土在下，我夏紫薇和小燕子……』紫薇頓了頓，轉頭看小燕子：『小燕子，妳姓什麼？』

小燕子皺皺眉頭。

『小時候，我被一個尼姑庵收養，我的師傅說，我好像姓江，可是無法確定！到底姓什麼，我真的不知道！』

紫薇心中一陣惻然。

『那妳今年多大了?幾月生的?』

『我只知道我是壬戌年生的，今年十八歲。幾月就不清楚了。』

『我也是壬戌年生的!我的生日是八月初二，那麼，我們誰是姐姐，誰是妹妹呢?』

『當然我是姐姐，妳是妹妹!妳是八月初二生，我就算是八月初一生的好了!』小燕子一股理直氣壯的樣子。

『可以這樣「算是」嗎?』紫薇怔著。

『當然可以!我決定了，我就是八月初一生的!沒錯!』小燕子直點頭。

於是，紫薇虔誠焚香，拜了再拜，誠心誠意的說道:

『皇天在上，后土在下，我，夏紫薇和小燕子情投意合，結爲姐妹!從今以後，有福同享，有難同當;患難扶持，歡樂與共!不論未來彼此的命運如何，遭遇如何，永遠不離不棄!如違此誓，天神共厭!』

紫薇說完，兩人便虔誠的拜倒於地，對天磕頭。

結拜完了，紫薇看著小燕子，溫柔的說:

『小燕子，現在我們是姐妹了，以後別人問妳姓什麼，妳不要再說不確定，不知道！我姓夏，妳也跟我一起姓夏吧！』

小燕子感動得落淚了，用力的一點頭。

『夏，好極了！夏天的紫薇花，夏天的小燕子！好！從今以後，我有姓了！我姓夏！我有生日了，我是八月初一生的！我有親人了，就是妳！』

兩個姑娘含淚互視，心裡都被溫柔漲滿了。

旁觀的人，也都深深的感動了。

紫薇和小燕子結拜的當晚，紫薇就向小燕子全盤托出了自己的大祕密。

桌上，攤著紫薇那從不離身的包袱。包袱裡，一把畫著荷花，題著詞的摺扇，攤開著。另外，那個畫卷也打開了，畫著一幅『煙雨圖』。

紫薇鄭重的開了口：

『小燕子，我有一個祕密，一定要告訴妳！妳看這把摺扇，上面有一首詩，我唸給妳聽！』

就一字一字的唸著：『雨後荷花承恩露，滿城春色映朝陽；大明湖上風光好，泰岳峰高聖澤

長。』

小燕子仔細的看著扇面，看得一頭霧水。

『這可把我給考住了！畫，我還看得懂，是一枝荷花！這字嗎？寫得這樣鬼畫符似的，我就不知道寫的是什麼了！』

紫薇慌忙接口：

『妳不認得沒關係！我只是要給妳看看，這把摺扇，和那個畫卷，都是我爹親自畫的，上面的詩，是我爹親自題的！摺扇上面這枝荷花和詩，暗嵌著我娘的名字，我娘，名叫夏雨荷！』

紫薇說著，便指著那畫卷的題詞，唸著：

『辛酉年秋，大明湖畔，煙雨濛濛，畫此手卷，聊供雨荷清賞。妳看，這是畫給我娘的！』

又指著下款：『這是我爹的簽名！』她看了看小燕子，壓低嗓音，慎重已極的輕輕唸道：『寶曆繪於辛酉年十月！這兒還有我爹的印鑑！印鑑上刻的是「長春居士」。』

小燕子專注的聽著，仔細的看著。聽得也糊裡糊塗，看得也糊裡糊塗。

『原來這些是妳爹的手跡！妳爹名字叫寶曆！』

『噓！聲音小一點！』

小燕子困惑極了，瞪了紫薇一眼。

『妳幹嘛神祕兮兮的？妳和妳爹到底怎麼失散的呢？失散多久了呢？』

『我從來沒有見過我爹！我想，我爹也不知道，這個世界上有個我。』

『啊？怎麼會呢？難道，妳爹和妳娘才成親就分開了？』

『我爹和我娘從來沒有成過親！』

『啊？難道……妳爹和妳娘，是……私訂終身？』

『也不完全是這樣，我外公和外婆當時是知道的，我想，他們心裡想成全這件事，甚至是希望發生這件事的！我外公當時在濟南，是個秀才，聽說，那天，我爹為了避雨，才到我家小坐，這一坐，就遇到了我娘，後來小坐就變成小住。小住之後，我爹回北京，答應我娘，三個月之內，接我娘來北京。可是，我爹的諾言沒有兌現，他大概回到了北京，就忘掉了我娘！』

小燕子聽得義憤填膺。

『豈有此理！這癡心女子負心漢，是永遠不變的故事！妳外公怎麼不找他呢？』

『我外公有自己的驕傲，一氣，就病死了！我外婆是婦道人家，沒有主意。過了幾年，也去世了！我娘未婚生女，當然不容於親友，心裡一直嘔著氣，跟誰都不來往。也從來不告訴我，有

關我的身世，直到去年，她臨終的時候，她才把一切告訴我，要我到北京來找我爹！』

小燕子氣得哇哇大叫：

『算了！這樣的爹，妳還找他幹什麼？他如果有情有義，就不會讓妳娘這樣委委屈屈的過一輩子！十八年來對妳們母女管都不管，問都不問，就算他會畫兩筆畫，會作幾首詩，也沒有什麼了不起！妳認了吧！這樣的爹，根本不可原諒，不要找了！就當他根本不存在！』

紫薇眼睛濕了，酸楚的說：

『可是，我娘愛了他一生！臨終的時候，再三叮囑我，一定要找到我爹，問他一句，還記得大明湖邊的夏雨荷嗎？』

『妳娘太傻了！他當然不記得了，記得，還會不回來嗎？這種話，妳不用問了！搞了半天，妳和我還真是一樣苦命，原來妳這個夏，是跟妳娘姓，妳爹姓什麼，妳大概也搞不清楚！』

紫薇瞪著小燕子，用力的點點頭，清清楚楚的說：

『我搞得清楚！他姓「愛新覺羅」！』

小燕子大吃一驚，這才驚叫出來：

『什麼？愛新覺羅？他是滿人？是皇室？難道是個貝勒？是個親王？』

紫薇指著畫卷上的簽名，說：

『妳知道「寶曆」兩個字代表什麼？寶是「寶親王」，曆是「弘曆」！妳總不會不知道，咱們萬歲爺名字是「弘曆」，在登基以前，是「寶親王」！』

『什麼？妳說什麼？』小燕子一面大叫，一面抓起摺扇細看。

紫薇對小燕子深深點頭。

『不錯！如果我娘的故事是真的，如果這些墨寶是真的……我爹，他不是別人，正是當今聖上！』

小燕子這一驚，非同小可，手裡的摺扇，『砰』的一聲落地。

紫薇急忙拾起扇子，又吹又擦的，心痛極了。

小燕子瞪著紫薇，看了好半天，又『砰』的一聲，倒上床去。

『天啊！我居然和一個格格，拜了把子！天啊……』

紫薇慌忙奔過去，蒙住她的嘴。

『拜託拜託，不要叫！當心給人聽到！』

小燕子睜大眼睛，不敢相信的，對紫薇看來看去。

『妳這個爹……來頭未免太大了，原來妳找梁大人，就爲了想見皇上？』

紫薇拚命點頭。

『後來，我知道他是個貪官，就沒有再找他了！』

『可是……妳這樣沒頭蒼蠅似的，什麼門路都沒有，怎麼可能進宮？怎麼可能見到他呢？』

『就是嘛！所以我都沒轍了，如果是隻小燕子，能飛進宮就好了！』

小燕子認真的沈思起來。

『如果妳進不了宮，就只有等皇上出宮……』

紫薇大震，眼中亮出光彩。

『皇上出宮？他會出宮？』

『當然！他是一個最愛出宮的皇帝！』

紫薇看著小燕子，深深的吸了口氣，整個臉龐都發亮了。

3

乾隆，那一年正是五十歲。

由於保養得好，乾隆仍然看起來非常年輕。他的背脊挺直，身材頎長。他有寬闊的額頭，深邃的眼睛，挺直的鼻梁，和堅毅的嘴角。已經當了二十五年的皇帝，又在清朝盛世，他幾乎是躊躇滿志的。當然，即使是帝王，他的生命裡也有很多遺憾，很多無法挽回的事。但是，乾隆喜歡旅行，喜歡狩獵，給了他一個排遣情緒的管道，他活得很自信。這種自信，使他自有一股不怒而威的氣勢。騎在馬背上，他英姿煥發，風度翩翩，一點也不遜色給身邊的幾個武將，鄂敏、傅恒、福倫都比他年輕，可是，就沒有他那種『霸氣』，也沒有他那種『書卷味』，能夠把霸氣和

書卷味集於一身的人不多，乾隆卻有這種特質。

現在，乾隆帶著幾個阿哥，幾個武將，無數的隨從，正在西山圍場狩獵。

乾隆一馬當先，向前奔馳。回頭看看身邊的幾個小輩，豪邁的大喊著：

『表現一下你們大家的身手給朕看看！別忘了咱們大清朝的天下就是在馬背上打下來的，能騎善射是滿人的本色，你們每一個，都拿出看家本領來！今天打獵成績最好的人，朕大大有賞！』

跟在乾隆身邊有三個很出色的年輕人。永琪是乾隆的第五個兒子，今年才十九，長得漂亮，能文能武，個性開朗，深得乾隆的寵愛。爾康和爾泰是兄弟，都是大學士福倫的兒子。爾康徇徇儒雅，像個書生，但是，卻有一身的功夫，深藏不露。現在，已經是乾隆的『御前行走』，經常隨侍在乾隆左右。爾泰年齡最小，身手也已不凡，是永琪的伴讀，也是永琪的知己。三個年輕人經常在一起，感情好得像兄弟。

乾隆話聲才落，爾康就大聲應著：

『是！皇上，我就不客氣了！』

『誰要你客氣？看！前面有隻鹿！』乾隆指著。

『這隻鹿是我的了！』爾康一勒馬往前衝去，回頭喊：『五阿哥！爾泰！我跟你們比賽，看誰第一個獵到獵物！』

『哥！你一定會輸給我！』爾泰大笑著說。

『且看今日圍場，是誰家天下？』永琪豪氣干雲的喊，語氣已經充滿『王子』的口吻了。

三個年輕人一面喊著，一面追著那隻鹿飛騎而去。

福倫騎在乾隆身邊，笑著對三人背影喊道：

『爾康！爾泰！你們小心保護五阿哥啊！』

乾隆不禁笑著瞪了福倫一眼：

『福倫，你心眼也太多了一點！在圍場上，沒有大小，沒有尊卑，不分君臣，只有輸贏！你的兒子，跟朕的兒子，都是一樣的！贏了才是英雄！』

福倫趕緊行禮：

『皇上聖明！我那兩個犬子，怎麼能和五阿哥相提並論！』

『哈哈！朕就喜歡你那兩個兒子，在朕心裡，他們和我的親生兒子並無差別，要不，朕怎麼會走到那裡，都把他們兩個帶在身邊呢？你就別那麼放不開了！讓他們幾個年輕人，好好的比賽

一下吧！』乾隆大笑著說。

『喳！』福倫心裡，洋溢著喜悅，大聲應著。

馬蹄雜沓，馬兒狂嘶，旗幟飄揚。

乾隆帶著大隊人馬，往前奔馳而去。

同一時間，在圍場的東邊，有一排陡峻的懸崖峭壁。峭壁的另一邊，小燕子正帶著紫薇和金瑣，手腳並用的攀爬著這些峭壁，想越過峭壁，溜進圍場裡來。

懸崖是粗野而荒涼的，除了嵯峨的巨石以外，還雜草叢生，佈滿了荊棘。

小燕子手裡拿著匕首，不停的劈著雜草。

紫薇仍然背著她的包袱，走得汗流浹背，狼狽極了。

金瑣也氣喘吁吁，揮汗如雨。

『小燕子，我們還要走多久？』紫薇往上看看，見峭壁高不可攀，膽戰心驚，問小燕子。

小燕子倒是爬得飛快，這點兒山壁，對她來說，實在不是什麼大問題。

『翻過這座山，就是圍場了！』

『妳說翻過這座山，是什麼意思？』

『就是從這個峭壁上越過去！』

『要越過這座峭壁？』金瑣大吃一驚，瞪大眼看著那些山壁。

『是呀！除了這樣穿過去，我想不出別的辦法！皇上打獵的時候，圍場都是層層封鎖，官兵恐怕有幾千人，想要混進去，那是門兒都沒有！可是，從這峭壁翻越過去，就是狩獵的林子了！我以前也來偷看過，不會有錯的！』

『天啊！我一定做不到！那是不可能的！我的腳已經快要斷了！』金瑣喊著。

『金瑣！妳拿出一點勇氣來，別給妳家小姐洩氣！』

紫薇臉色蒼白。

『可是……我和金瑣一樣，我認爲……這是不可能的，是我能力範圍以外的事，我絕對沒辦法翻這座山……』

『胡說八道！妳翻不過也得翻，爬不過也得爬！』小燕子拚命給兩人打氣：『妳聽妳聽……』她把耳朵貼在峭壁上。『峭壁那邊，號角的聲音，馬蹄的聲音，都聽得到！妳和妳爹，已經只隔著這一道山壁了！』

紫薇也把耳朵貼上去。可憐兮兮的喘著氣：

『我什麼都聽不見！只聽到我自己的心跳，「噗通噗通」的，快要從我嘴裡跳出來了！』

『妳爭點氣好不好？努力呀，爬啊！爬個山都不敢爬，還找什麼爹？』小燕子大叫。

紫薇無奈，只得勉强的奮力往上爬去。她的手抓著山壁上的石頭，腳往上爬，忽然間，腳下踏空，手中的石頭居然應手而落，她尖叫了一聲，整個人就往山壁下面滑落。小燕子回頭一看，大驚失色，立刻飛撲過來，抱住了紫薇，兩人向下滾了好半天，才煞住身子。

紫薇掙扎著抬起頭來，嚇得臉色慘白。她的衣服已經撕破，臉上手上，都被荊棘刺傷，但她完全顧不得傷痛，只是驚恐的喊著：

『我的包袱！我的包袱怎樣了？』

小燕子驚魂甫定，慌忙檢查紫薇背上的包袱。

『真的扯破了，趕快解下來看看！』

兩人找了一塊大石頭，爬上去。小燕子幫紫薇解下包袱。

紫薇急急的打開畫卷，發現完好如故，這才鬆了一口氣。

小燕子也已打開摺扇，細細檢查。

『還好還好，字畫都没有撕破……妳怎樣?摔傷没有?』

紫薇這才發覺膝蓋痛得厲害，捲起褲管一看，膝上已經流血了。

『糟糕!又没帶藥，怎麼辦?』

紫薇看著小燕子，再抬頭看看那高不可攀的山壁，當機立斷的說:

『聽我說，小燕子!我們三個人要想翻這座山，恐怕翻到明天早上，還翻不過去!但是，如果只有妳一個人，就輕而易舉了!事實上，山的那一邊，到底是怎樣一個局面，我們誰都不知道!也很可能翻了半天的山，依然見不到皇上!所以，我想，不如妳帶著信物，去幫我跑一趟吧!』

小燕子睜大眼睛看著紫薇。

『妳要我幫妳當信差!』

『是!』

小燕子想了想，抬頭也看看那座山，重重的一點頭:

『妳說得對!再耽誤下去，天都快黑了，就算到了圍場，也找不著人了!』她決定了，有力的說:『好!就這麼辦!』她鄭重的看著紫薇:『妳相信我，我會把這件事，當成自己的事來

辦！這些東西……』她拍拍字畫，嚴肅的說道：『東西在，我在，東西丟了，我死！』

金瑣早已連滾帶爬的過來了。聽到小燕子這樣鄭重的話，感動得一塌糊塗。

『小燕子！我代我們小姐，給妳磕一個頭！』金瑣往地上一跪。

小燕子慌忙拉住金瑣。

『別這樣！紫薇是我妹妹，紫薇的事，就是我的事，我不管，誰管？好了，我必須爭取時間，不能再耽擱了！妳們回大雜院去等我吧……我這一去，會發生什麼事，自己也不能預料，所以，如果今晚我沒有下山，妳們不要在圍場外面空等，妳們先回北京，在大雜院裡等我！』

紫薇點頭，十分不捨的看著小燕子。

『小燕子！妳要小心！』

『我會的！妳也是！』

小燕子便將包袱牢牢的纏在腰際。

紫薇一個激動，緊緊的抱了小燕子一下。

小燕子便飛快的去了。

一隻鹿在叢林中奔竄。

馬蹄飛揚，號角齊鳴。

爾康一馬當先，大嚷著：

『這隻鹿已經被我們追得筋疲力盡了！五阿哥，對不起，我要搶先一步了！』

爾康拉弓瞄準。爾泰卻忽然驚叫起來，對左方一指：

『哥！那邊居然有一隻熊！快看快看！我以爲圍場裡已經沒有熊了，這隻熊是我的了，你可別搶……』

爾康的箭，立刻指向左方。

『熊？熊在那裡？』

永琪急忙拉弓，瞄準了那隻鹿，哈哈大笑著說：

『爾泰，謝謝幫忙！今天「鹿死誰手」，就見分曉了！承讓承讓！哈哈……』

爾康一笑，對爾泰很有默契的看了一眼，什麼有熊？不能搶五阿哥的風采，才是真的。

永琪拉足了弓，『咻』的一箭射去。

到底，那個姑娘是從那兒冒出來的，爾康、爾泰、和永琪誰都弄不清楚。到底那隻鹿怎麼一

下子就不見了，伏在草叢裡的竟然變成一個女子，大家也都完全莫名其妙。只知道，永琪那一箭射去，只聽到一聲清脆的慘叫：

『啊……』

接著，是個身穿綠衣的女子，從草叢中跳起來，再重重的墜落地。永琪那把利箭，正中女子的前胸。

變生倉卒，爾康、爾泰、永琪大驚失色。三個人不約而同，快馬奔來。

永琪見自己傷到了人，翻身落馬，低頭一看，小燕子臉色蒼白，眼珠黑亮。永琪想也沒想，一把就抱起小燕子。

小燕子胸口插著箭，睜大了眼睛，看著永琪：

『我要見皇上！』

當小燕子被帶到乾隆面前的時候，已經氣若游絲，奄奄一息了。

『什麼？女刺客？這圍場重重封鎖，怎麼會有刺客？』乾隆不信的喊著。

侍衛、大臣、鄂敏、傅恒、福倫全部圍了過來，看著躺在地上的小燕子。

永琪氣極敗壞，直著喉嚨喊：

『皇阿瑪！李太醫在不在？讓他趕快看看這位姑娘，還有救沒有？』

『這就是女刺客嗎？』乾隆瞪著地上的小燕子。

『女刺客？誰說她是刺客？』永琪無意間射傷了人，又是這樣一個標緻的姑娘，說不出心裡有多麼的懊惱，情不自禁，就急急的代小燕子解釋起來：『我看她隻身一人，說不定是附近的老百姓……不知道怎麼會誤入圍場，被我一箭射在胸口，只怕有生命危險！李太醫！趕快救人要緊！』

李太醫是每次打獵，都隨行在側的，這時，奔出了行列，大聲應著：

『臣在！』

福倫滾鞍下馬，奔上前去看小燕子：

『等一下！這件事太奇怪了！怎會有一個年紀輕輕的姑娘單身在圍場？還是先檢查一下比較好！』

小燕子躺在那兒，始終還維持著神志，她往上看，黑壓壓的一群人，個個都盯著自己。皇上？誰是皇上？死了，沒有關係，紫薇的信物，不能遺失！她掙扎著，伸手去摸腰間的包袱，嘴

裡斷斷續續的喊著：

『皇上……皇上……皇上……』

爾康覺得奇怪，對永琪說道：

『你聽她嘴裡，一直不停的在叫皇上！顯然她明知這兒是圍場，爲了皇上而來！這事確實有點古怪！』

福倫順著小燕子的手，眼光銳利的掃向小燕子腰間，大吼道：

『不好！她腰間鼓鼓的，有暗器！大家保護皇上要緊！』

福倫情急，一腳踢向小燕子，小燕子滾了出去，傷上加傷，嘴角溢出血來。

鄂敏拔劍，就要對小燕子刺去。

『阿瑪！鄂敏！手下留情啊！』永琪情急，一把攔住了鄂敏。

『審問清楚再殺不遲！』爾泰也喊。

『鄂敏！住手！』乾隆急呼。

鄂敏硬生生收住劍。

小燕子又驚又嚇又痛，氣若游絲，仰頭望著乾隆。心裡模糊的明白，這個高大的，氣勢不凡

的男人，大概就是乾隆了。她便用盡渾身力氣，把紫薇最重要的那句話，悽厲的喊了出來：

『皇上！難道你不記得十九年前，大明湖畔的夏雨荷了嗎？』

小燕子喊完這句話，身子一挺，昏了過去。

乾隆大震。

『什麼？什麼？妳說什麼？妳再說一遍！』

永琪、爾康、爾泰圍了過去。

『皇上，她已經昏厥過去了！』爾泰稟道。

『小心有詐！』福倫提醒著大家。

永琪伸手一把扯下小燕子的包袱。

『她一路用手按著這個包袱，看看是什麼暗器？』

包袱倏然拉開，畫卷和扇子就掉了出來。

『是一把扇子，和一卷畫！』永琪驚愕極了。

乾隆的心，怦然一跳，有什麼東西，重重的撞擊了他的心。他震動已極，大喊：

『什麼？趕快拿給朕看！』

永琪呈上扇子和畫卷。

乾隆打開摺扇，目瞪口呆。他再展開畫卷，更是驚心動魄，瞪著地上的小燕子，他忘形的大喊出聲：

『永琪！抱她起來，給朕看看！』

『是！』永琪抱起小燕子，走到乾隆身邊。

乾隆震動無比的看著那張年輕的，姣好的面孔，那彎彎的眉，那長長的睫毛，那蒼白的臉，那小小的嘴，和那毫無生氣的樣子……他的心陡然絞痛，一些塵封的記憶，在一瞬間翻江倒海般的湧上。他喘著氣，一疊連聲的大喊道：

『李太醫！趕快診視診視她！朕要她活著！治不好，就小心你的腦袋！』

小燕子有一連串的日子，都是神志不清的。

模糊中，她睡在一床的錦被之中，到處都是軟綿綿，香噴噴的。模糊中，有數不清的醫生在診治自己，一會兒扎針，一會兒餵藥。模糊中，有好多仙女圍繞著自己，仙女裡，有一個最美麗溫柔的臉孔，常常在她眼前出現，噓寒問暖，餵湯餵藥。模糊中，還有一個威嚴的，男性的面

孔，常在滿屋子的跪拜和『皇上吉祥』中來到，對自己默默的凝視，輕言細語的問了許多問題。

小燕子就在這些『模糊中』，昏昏沉沉的睡著，被動的讓人群侍候著。她並不知道，就在她的迷迷糊糊裡，乾隆已經在無數的悔恨和自責中，肯定了她的身分。

那天，乾隆來到小燕子床前，小燕子正發著熱，額上冒著汗，嘴裡唸唸有詞。

『疼……好疼……扇子，畫卷……別搶我的扇子……東西在，我在，東西丟了，我死……』

乾隆聽著這些囈語，看著那張被汗水濡濕的臉龐。心裡漲滿了憐惜。

『喂喂！醒一醒！』乾隆拍拍小燕子的面頰：『朕說話妳聽得到嗎？能不能告訴朕一些妳的事？妳幾歲啦？』

小燕子在『模糊』中，還記得和紫薇的結拜。

『我十八，壬戌年生的……』她被動的答著，好像在作夢。

乾隆掐指一算，心中震動，繼續問道：

『那……妳幾月生的？』

我有姓了，我姓夏。我有生日了，我是八月初一生的……

『我……八月初一，我有生日……八月初一……』

乾隆再一尋思，不禁大震。没錯了，這是雨荷的女兒！

『妳姓什麼？』乾隆顫聲的，柔聲的問。

小燕子神思恍惚，睜眼看了看乾隆。

『没有……没有姓……』

『怎麼會没有姓呢？妳娘没説嗎？』乾隆一陣心痛。

『紫薇説……不能説不知道，不確定……我有姓，我有我有……我姓夏……』

乾隆這一下，完全坐實了自己的猜測，激動不已。忍不住，就用袖子爲小燕子拭汗，聲音啞啞的，再問：

『妳叫什麼名字呢？』

『小……小燕子……』

乾隆愕然。這也算名字嗎？這孩子是怎樣長大的呢？受過委屈嗎？當然，一定受過很多委屈的。雨荷，居然没有進京來找過自己！居然孤單單的撫養這個孩子長大！現在，雨荷在那裡？爲什麼小燕子會這樣離奇的出現？太多的問題，只能等小燕子神志清醒了，才能細問。但是，這是雨荷的女兒，也是自己的女兒，没錯了。

『小燕子，小燕子！』乾隆點點頭，仔細的看小燕子，不禁越看越愛。『小燕子……從湖邊飛來的小燕子……好，朕都明白了！妳好好養病，什麼都不要擔心了！朕一定要讓妳好起來！』

小燕子在一連串昏昏沉沉的沈睡以後，終於有一天，覺得自己醒了。

她動了動眼瞼，看到無數仙女圍繞著自己。有的在給她拭汗，有的輕輕打扇，有的按摩手腳，有的拿冷帕子壓在她的額上……好多溫柔的手，忙得不得了。她再揚起了睫毛，看到那個仙女中的仙女，最美麗溫柔的那個，正對著自己笑。

『妳醒了嗎？知道我是誰嗎？我是令妃娘娘！』

令妃娘娘？原來這個大仙女名叫『令妃娘娘』。

小燕子再向旁邊看，幾個白髮的仙人（太醫），都累得東倒西歪，兀自不斷的低聲商量病情。她再轉頭環視，香爐裡，裊裊的飄著輕煙輕霧。

小燕子覺得好舒服，好陶醉。

『好軟的床啊！好舒服的棉被啊！好豪華的房間啊！好多的仙女啊！好香的味道啊……哇，我一定已經升天了，原來天堂裡面這麼舒服！我都捨不得離開了……』

小燕子眨動眼睛，朦朧的環視。

仙女們立刻發出竊竊私語。

『醒了？是不是醒過來了？』

『眼睛睜開了！眼珠在動呢！』

『她在「看」咱們，娘娘，她大概真的醒了……』

仙女們正騷動間，門外，忽然有聲音一路傳來。

『皇后駕到！皇后駕到……』

一屋子的仙人仙女，便全部匍匐於地。大家齊聲喊著：

『皇后娘娘吉祥！』

那個『大仙女』也慌忙起身行禮，恭恭敬敬的說道：

『令妃參見皇后娘娘！』

小燕子一驚，慌忙把眼睛緊緊閉上。

『怎麼有個「皇后」來了？難道這兒不是「天堂」？這個「皇后」好神氣……』

小燕子心裡想著，睫毛就不安分的動了動，悄悄的瞇著眼睛，去偷看那個皇后。只見那皇后

珠圍翠繞，大概四十來歲，細細的眉毛，丹鳳眼，挺直的背脊，好生威嚴。那眼光……小燕子一不留神，眼光竟和皇后的眼光一接，不知怎的，小燕子機伶伶的打了個寒戰，那眼光好凌厲，像兩把刀，可以把人切碎。在她身後，還跟著一個更加嚴肅的老太婆。眼光和皇后一樣，冷得像冰，利得像箭。

『大家都起來吧！』皇后的聲音，和她的眼光一樣，冷峻而嚴厲。

一屋子仙女仙人，紛紛起立。

皇后站在床前，仔細審視著小燕子。小燕子幾乎能『感覺』到她的眼光，冰涼冰涼的掠過自己的眼耳口鼻。

『這就是圍場上帶回來的姑娘嗎？』皇后冷冷的問著。

『是！』令妃仙女答著。

『怎樣？傷勢有沒有起色？』

『回皇后，脈象已經平穩，沒有生命危險了！』一個仙人急忙趨前，躬身說道。

『唔……太醫果真醫術高明！』

『謝皇后誇獎！是這位姑娘福大命大！有皇天保佑！』

『嗯，福大命大？有皇天保佑？是嗎？』語氣好嚴厲。

滿屋子都安靜了，没有人接口。

小燕子越聽越驚，心裡想著：

『從圍場帶回來的姑娘？這說的是我嗎？難道……難道我進了宮？原來，這兒不是「天堂」，是「皇宮」！』小燕子的意識真的清醒了，記憶也回來了。『天啊！我進了宮，紫薇想盡辦法，進不了宮，可是，我卻進來了！』

『你們先下去！待會兒再來，別一個個杵在這兒！』皇后對衆人揮手說道。

『喳！』一屋子的人都退下了，令妃仙女也往門口退去。

『令妃，妳留下！我有話問妳！』皇后命令的喊了一句。

『是！』

『妳過來！』

令妃走到床邊來。

皇后那鋭利的眼光，又在小燕子臉上溜來溜去。

『宮裡已經傳得風風雨雨，說她和皇上是一個模子印出來的，怎麼我瞧著一點都不像！妳

說，她那兒長得像皇上？』皇后回頭一瞪令妃。

令妃仙女似乎嚇了一跳，吶吶的說道：

『是皇上自己說，越看越像！』

『容嬤嬤，妳說像嗎？』皇后問身後的老太婆。

那容嬤嬤也對小燕子仔細打量起來。

『回皇后，龍生九種，個個不同！想阿哥和格格們，也都是每一個人，一個長相！這樣躺著，又閉著眼，看不真切！』

皇后冷笑了。

『可有人就看得很真切，說她眉毛眼睛，都像皇上！』皇后再瞪著令妃仙女。『妳不要為了討好皇上，順著皇上的念頭胡謅！這個丫頭，來歷不明，形跡可疑！隻身闖圍場，一定有內應！我看她沒有一個地方像皇上，八成是個冒充貨！妳不要再信口雌黃了！如果查明白，她不是萬歲爺的龍種，她是死罪一條，妳難道也跟著陪葬嗎？』

『皇后教訓得是！臣妾以後不敢多嘴了！』令妃仙女答得誠惶誠恐。

『妳知道就好！這事我一定要徹查的！僅僅憑一把摺扇，一張字畫，就說是格格，也太荒唐

了吧！』

『是！是！是！』令妃一疊連聲的應著。

『我看清了，看夠了！容嬤嬤，走吧！』

皇后帶著容嬤嬤轉身而去。

『臣妾恭送皇后娘娘！』

『別恭送了！妳跟在皇上身邊，眼睛要放亮一點！這皇室血統，不容混淆！如果有絲毫破綻，是砍頭的大事，妳懂嗎？』

『臣妾明白了！』

一陣篤篤篤的腳步聲，終於，那個威嚴的皇后，帶著威嚴的容嬤嬤，威風十足的走了。

小燕子急忙睜開了眼睛，看到令妃一直恭送到門口。

小燕子整個人都清醒了。心裡直是叫苦：

『不好了！原來他們把我當成了格格，又以爲我是冒充貨，商量著要砍我的頭！』她心裡不禁大叫了一聲：『紫薇，妳害死我了！』

4

小燕子並不知道，在她這些昏昏沉沉的日子裡，紫薇、金瑣、柳青、柳紅幾乎已經把整個北京城都找翻了。小燕子像斷了線的風箏，一去無消息。紫薇把自己罵了千遍萬遍，後悔了千次萬次，也回到圍場附近去左問右問，什麼音訊都沒有，小燕子就此失蹤了。最讓紫薇痛苦的是，還不能把真相告訴柳青他們。柳青不止一次，氣極敗壞的追問：

『這到底是怎麼回事？妳們三個，爲什麼跑那麼遠的路，到圍場去？又怎麼會跟小燕子走散了？這不是太奇怪了嗎？』

紫薇有苦說不出，只能掉著眼淚說：

『我不能告訴你們為什麼要去圍場，如果你們不追問，我會很感激。反正事情就變成這樣了！』她急切的看柳青：『柳青柳紅，拜託你們，趕快去皇宮附近，打聽打聽，有沒有小燕子的消息？』

『皇宮？妳們好大膽子，居然去招惹皇室？妳要我怎麼打聽？』柳青問。

『你認不認得什麼公公？什麼嬤嬤的？』

『公公和嬤嬤都不認得，只認得皇上！和幾位阿哥！』柳青沒好氣的說。

『啊？』紫薇睜大了眼睛。

『沒事的時候，我跟皇上下圍棋，跟阿哥們比畫拳腳！』

柳紅一跺腳。

『哥！這是什麼時候了，紫薇急得掉眼淚，你還說這些莫名其妙的話！你到底有沒有門路，有沒有辦法嘛！』

柳青對柳紅一瞪眼。

『我有幾兩重，妳不是不知道！我怎麼會和宮裡的人認識呢？』他轉眼看紫薇，大聲的說：

『我也著急，我也生氣啊！小燕子以前，什麼事都跟我有商有量，自從有了妳這個妹子，就變得

神祕兮兮了！妳們去圍場，無論要幹什麼，總應該把我們兄妹也算一份，大家幫著一點，或者辦得成事！結果，妳們完全瞞著我，簡直把我當外人，氣死我了！』

紫薇已經急得沒有主意，又被柳青一罵，眼淚撲簌簌直往下掉。

『是，我知道都是我的錯，不應該這麼魯莽，這麼沒計畫……可是，小燕子好像很有把握，說她小時候在圍場附近長大的，對圍場熟悉得不得了……』

『小燕子愛吹牛，妳又不是不知道！』柳紅跺腳。

『她那個人，膽大心不細，有勇沒有謀，花拳繡腿，功夫也只有那麼一點點，就是心腸熱！妳跟她拜了半天把子，還不瞭解她嗎？怎麼什麼都聽她的……』柳青接口。

兄妹二人，一人一句，都怪紫薇。紫薇除了掉眼淚，還是掉眼淚。時間一天天過去，找到小燕子的機會就越來越渺茫。私下無人的時候，她會害怕的抱住金瑣說：

『說不定小燕子已經死了！』

『呸！呸！呸！小姐，妳別咒她呀！』金瑣連忙啐著。

『她如果沒死，爲什麼到現在一點消息也沒有？都怪我，太自私了，只顧著自己，卻沒替小燕子想想她的安危！』

『話不能這麼說啊，又不是我們逼她這麼做的，是她自己願意去的嘛。』

『所以我心裡頭才更難過啊。這些年除了娘以外，我只有妳。好不容易有了個知心的小燕子，可以陪我說話解悶，講心事！回想起來，和她在一起的這段日子，我過得好快樂！早知道我寧可不認這個爹，也不要她去冒險。』

金瑣皺著眉頭，心裡還有另一份深刻的痛。

『妳別在那兒鑽牛角尖了！小燕子遇到什麼事，我們完全不確定！唯一可以確定的事，是妳那兩樣比生命還重要的信物，現在和小燕子一起失蹤了！』

紫薇驚看金瑣，聽出金瑣的言外之意，不禁激動起來：

『妳好像還在怪小燕子？她現在是生是死都不知道，妳擔心的，居然是那些身外之物？』

金瑣也激動起來。

『什麼身外之物？妳在太太臨終的時候，對太太發過誓，妳會帶著這些東西，去見妳爹！現在東西沒有了，即使有機會見到妳爹，妳也無法證明妳的身分了！我想到這個，心都會痛！』

紫薇一唬的站起身來。

『妳好可怕，妳在暗示我，小燕子會出賣我嗎？』

『我没有暗示什麼，我在後悔啊，我在自責啊，我爲什麼要讓妳把東西交給小燕子呢？我就該拚命保護那些東西的！是我不好，對不起死去的太太！』

金瑣這樣一說，紫薇痛上加痛，『哇』的一聲，失聲痛哭。

金瑣後悔不及，急忙抱住紫薇。

『我不好，我不好，不該說這些，讓妳傷心了！我相信小燕子，她有情有義，不會辜負妳的；我也相信，老天有眼，會保護小燕子的！小姐，別哭，啊？』說著，就拚命用袖子幫紫薇拭淚。

紫薇把金瑣緊緊一抱，痛定思痛，哭著喊：

『我好懊惱啊！失去小燕子，失去信物，又無法見到我爹，我到底要怎麼辦呢？』

金瑣拍著紫薇的背，此時此刻，實在想不出任何的話，可以安慰紫薇了。

當紫薇心痛神傷，六神無主的時刻，小燕子正熟睡在令妃那金碧輝煌的寢宮裡。

乾隆輕輕的走了過來，站在床前，深深的凝視著小燕子。溫柔而解人的令妃，看乾隆一臉的專注，不敢打擾，靜靜的站在旁邊。

『她今天怎樣？有沒有起色？』半晌，乾隆低問。

『剛剛吃過藥睡下了，太醫說她復元的情形挺好的，上午已經醒過來了，大概受了驚嚇，眼珠轉來轉去，就是不說話！』

『是嗎？』乾隆俯視小燕子沈睡的面龐，看到小燕子額頭上、鼻子上滲出幾顆汗珠。乾隆掏出自己的汗巾，就去拭著她臉上的汗。

汗巾是真絲的，繡著一條小小的龍。汗巾薰得香噴噴的，混合著檀香與不知名的香氣，這汗巾輕拂過小燕子的面龐，柔柔的，癢癢的，小燕子就有些醒了。

令妃注視著這樣的乾隆，如此溫柔，如此小心翼翼，這種關懷之情，是她從來沒有見過的。令妃察言觀色，知道這個小燕子，在乾隆心底，引起了某種難以解釋的感情。就把握機會，低聲說了一句：

『皇后今天來過了！』

『哦？她說什麼？』乾隆不動聲色的問。

『臣妾不敢說！』令妃低頭。

『妳儘管說！』

『她說，小燕子這事，一定有詐！查出真相，要……要……』

『她要怎樣？』乾隆氣往上衝。

『要砍小燕子和我的腦袋！』

『哼！』乾隆怒哼了一聲。

令妃便委委屈屈的說道：

『可我真的沒說假話，我看著看著，越看就越肯定了，這小燕子真的和皇上像極了，尤其醒過來的時候，那眼神兒，就和皇上您的眼神一個樣兒！』

乾隆凝視小燕子，想到那個不苟言笑的皇后，心裡就有氣。

『誰敢說她不是朕的女兒，朕才要砍她的頭呢！當朕在圍場第一眼看到她的時候，就對她產生了一股不一樣的感覺，尤其是她在昏迷前一刻用那雙哀怨的眼神瞅著朕，問朕說還記不記得夏雨荷？朕這輩子都忘不了她那又慌又急又害怕又無助的模樣……這種父女天性，難道有假嗎？』

乾隆的聲音大了些，小燕子睫毛閃動，突然睜開眼睛來。

乾隆忽然和小燕子目光一接，沒來由的心裡一震。

『妳醒了？』乾隆問。

小燕子看著這個在夢裡出現過好多次的面孔，面對那深邃明亮的眼睛，和那威武有力的眼神，心裡陡然浮起一股怯意。

『你……你……你是誰？』

令妃忙仆過去，拍拍小燕子的肩。

『哦呀，對皇上說話，可不能用「你」字！』

小燕子大驚，從床上一挺身子，就要起身，奈何渾身無力，又倒了下去。

『皇上！』小燕子驚呼出聲。

乾隆急忙伸手按住小燕子。

『快別動！妳身受重傷，太醫說妳失血過多，得在床上多躺兩天。別忙著起身！也不用多禮！』

小燕子一瞬也不瞬的看著乾隆，老天！這是天底下最大的人物啊！是僅次於神的人物啊！是打個噴嚏就會驚天動地的人物啊！是老百姓從來沒有福分接近的人物啊！是整個天下的主子啊……小燕子喘著氣，不敢相信的，小小聲的問道：

『你是皇上？你真的是皇上？當今的皇上？乾隆皇上？』

『妳怎麼還是你呀你的……』令妃在一邊乾著急。

乾隆憐愛的看著小燕子，小燕子那種『驚喜莫名』的表情，更加震動了他。

『別在乎這個！想她在民間長大，怎麼懂宮中規矩！』便對小燕子慈祥的點點頭。『是的，朕就是當今皇上！在圍場上，妳不是已經見過朕了？』

『圍場上那麼多人，我什麼都弄不清楚呀！』小燕子喊著，不敢躺著見皇上，就又急急的一個挺身，腦袋竟然在床檻上砰的撞了一下。她嘴裡驚呼不斷：『老天啊……我終於見到了皇上！』

乾隆急忙揉了揉她的頭，再一次，把她的身子按回床上。

『是！妳終於見到了皇上，朕知道妳這條路走得有多辛苦！』順手摸摸小燕子的額頭，滿意的點點頭。『嗯，還不錯，燒已經退了。肚子餓不餓？想不想吃點東西？朕叫他們給妳準備去……』

小燕子看著乾隆，眼睛轉都不敢轉，呼吸都要停止了。聽到乾隆這樣輕言細語，問東問西，簡直受寵若驚。她屏息的，不敢相信的，吶吶的說：

『你……你……你是皇上，可你……這麼關心我！我……我會幸福得死掉！』

小燕子這樣崇拜的眼光，這樣熱烈的語氣，讓乾隆感動極了。

『妳已經被朕救活了，妳不會死掉了！我會用幸福包圍妳，可是，不會讓它傷害妳！』乾隆溫柔的說。

小燕子痴痴的看著乾隆，竟然傻了，一時之間，根本說不出話來了。

『妳既然醒了，朕有好多的問題要問妳！』

小燕子睜大眼睛看著乾隆。

乾隆掏出懷中的摺扇。

『朕已經知道妳的名字叫小燕子，這把摺扇和「煙雨圖」在妳身上搜出來，妳冒著生命危險闖圍場，就爲了要把這個東西帶給朕？』

小燕子拚命點頭。

乾隆心中一片惻然。

『朕都明白了，妳娘叫夏雨荷，這是她交給妳的？……她還好嗎？』

小燕子怔怔的，聽到後一句，連忙搖頭。

『不好？』乾隆一急：『她怎樣了？現在在那裡？』

『她……她已經去世了……去年六月，死在濟南……』

『她死了？』乾隆心裡一痛。『朕已經猜到了，沒聽妳親口說，還是不相信。要不然妳不會直到今天才來見朕。好遺憾！』就難過的看著痴痴的小燕子。『這些年來，苦了妳們母女了！』

小燕子大驚，急忙說：

『皇上……皇上……我……我不是……』話未說完，就急得咳了起來。這一咳就咳得上氣不接下氣。

乾隆急喊：

『臘梅！冬雪！趕快倒杯水來！』就拚命拍著小燕子的背：『朕問了太多的話，妳一定累了！小燕子，妳不知道妳的出現，讓朕多麼安慰，又多麼心酸！從今以後，妳的苦日子都過去了，妳是朕遺落在民間的女兒，現在，妳回家了！』

小燕子咳得更兇了，一面咳，一面急促的說：

『皇上，我……我……咳！咳咳！你你……咳咳……』

床前一陣騷動，無數宮女擁到床前，端茶的端茶，奉水的奉水，拿藥的拿藥。臘梅高舉著藥碗，恭恭敬敬的喊著：

『姑娘，請吃藥！』

令妃一聲怒叱，非常權威的吼著：

『掌嘴！這還沒弄清楚嗎？聽也該聽明白了，看也該看明白了！叫格格，什麼姑娘姑娘的！』

臘梅『砰』的一聲，在床前跪下。雙手高舉托盤，大聲的喊：

『請格格吃藥！』

便有一大群的宮女，高呼著說：

『格格千歲千千歲！讓奴婢們侍候格格！』

小燕子看得眼花撩亂，聽得驚心動魄。正在迷迷糊糊中，竟然看到乾隆親自端起杯子，再扶起小燕子。

『讓朕餵給她喝！可憐……長了十八歲，才見到爹！還弄得身受重傷！』

小燕子這一驚，更是非同小可！皇上……這世界上最權威的人，居然在親手餵她喝水吃藥，她會幸福得死掉！這可能嗎？她只是一個小老百姓，一個跑江湖，混飯吃，經常吃了這頓沒下頓的小人物！可是，現在，自己面前黑壓壓的跪著一群人，皇上，那高高在上，頂兒尖兒的人物，

正在『親手』餵自己吃藥！這種榮耀，像潮水一般，把她緊緊的包圍著，淹沒著。她迷糊了，被催眠了，沒有力氣再解釋什麼了，因爲整個人軟綿綿，都在騰雲駕霧了。也沒有多餘的『嘴』來解釋了，因爲那唯一的一張嘴，正忙著喝水吃藥呢！

終於，小燕子吃了藥，也喝了水。

乾隆把杯子放回托盤，把小燕子輕輕放下。

『孩子，別用這樣奇怪的眼光看朕，朕知道是朕對不起妳娘，妳心裡有許多怨，妳放心，從現在開始，朕一定會加倍補償妳！』

令妃就帶笑又帶淚的，上前對乾隆一福。

『皇上，恭喜恭喜！父女團圓了！』

小燕子驚怔著。現在有嘴，可以解釋了。無奈身子還在雲端裡，沒有下地呢！

令妃推著小燕子，一疊連聲的喊著：

『傻丫頭，還怔在那兒幹什麼？快喊皇阿瑪啊！在宮裡，是不喊爹的，要喊「皇阿瑪」！快喊啊！喊啊！』

小燕子怔忡著，眼睛睜得大大的。不行不行，這樣太對不起紫薇了！不行不行！

乾隆見小燕子眼睛越睜越大，眼神裡充滿矛盾和掙扎，心裡一酸。

『怎麼？不想要朕這個爹嗎？』他柔聲的問。

小燕子受不了了，衝口而出的喊道：

『想！想！太想了，只怕要不起啊！』

乾隆心裡更酸了，誤會小燕子話中有話。一句『要不起』，代表了千言萬語的哀怨。他嘆口氣，就啞聲的，命令的說道：

『什麼要得起要不起！就算妳不想要朕這個爹，朕也要定妳這個女兒了！快叫朕一聲「皇阿瑪」！這是「聖旨」，不許不叫！』

令妃在一邊情急的催促：

『還不趕快「領旨」！當心皇上生氣啊！快叫皇阿瑪呀！叫呀！叫呀……』

小燕子迎視著乾隆寵愛而期盼的眼神。終於，脫口而出的喊了：

『皇……阿瑪！』

小燕子一喊出口，整個人也就放鬆了。乾隆頓時欣喜若狂。

『好！太好了！哈哈哈！我在民間的女兒，回來了！真是老天有眼呀！』

此時，衆多宮女，全都一擁而上，拜倒在小燕子面前。喊聲震天：

『格格千歲千歲千千歲！奴才們參見格格！』

門外的一群太監，此時也都哈腰奔進，甩袖跪倒。聲音喊得更大：

『恭喜格格，賀喜格格，格格千歲千歲千千歲！』

這種氣勢，這種歡呼，小燕子又飛上雲端，飄飄欲仙了。紫薇的面孔在她眼前閃過，她心裡歉然的喊著：

『紫薇，對不起，我不是有意要這麼做的，只是……當格格的滋味，實在太好了！有個皇上做爹，被寵著愛著，實在太好了！我受不了這個誘惑，妳讓我先過幾天的格格癮好不好？先借妳的爹幾天好不好……我發誓等我病好了，我一定會把妳接進宮裡來，把妳爹還妳的……』

小燕子就這樣，糊裡糊塗的當起格格來了。

幾天之後，小燕子終於走出了令妃的寢宮。

這天，她穿著令妃特地爲她做的新衣服，一身艷麗的旗裝，略施脂粉。唯獨腳下，仍然穿著平底的繡花鞋。

令妃、臘梅、冬雪、和宮女們簇擁著她，正帶她參觀著御花園。

令妃東指指西指指，介紹著花園中種種景致。

小燕子見所未見，嘆爲觀止。

『這皇宮內院，也不是一時三刻，走得完的，妳身體剛剛好，也不能走太多路，隨便看看就好！』令妃說。

小燕子覺得什麼都是新奇，忍不住驚嘆連連：

『啊呀，這是一個院子還是一個城呀？怎麼那麼多房子？左一進右一進的？』說著，就走進一條彎彎曲曲的長廊，不禁詫異：『又沒有河，造這麼長一座橋？』看到處處有匾額，奇怪極了：『又沒賣東西，怎麼掛那麼多招牌？』一抬頭看到一個亭子，上面有塊匾額，寫著『挹翠閣』三個大字。小燕子認識的字不多，看了半天，低低的自言自語：『怎麼亭子掛個招牌叫「把草問」？好奇怪的名字！』

令妃驚愕的看著小燕子，怎麼？那個雨荷沒有教過她唸書嗎？心裡正在有點疑惑，小燕子嘆口氣說：

『我好像到了一個仙境，太沒有真實感了，將來我出了宮，回到民間的時候，說給人家聽，

人家大概都不相信！』

令妃一驚，不禁神色一凜。仔細看著小燕子，警告的說：

『格格，我告訴妳一句很重要的話！』

『什麼話？』小燕子滿不在乎的問。

『妳現在已經被皇上認了，妳就再也不是當初的小燕子了！皇上有那麼多的格格，我還沒看過他喜歡那一個，像喜歡妳這樣！被皇上寵愛，是無上的榮幸，也是件危險的事，宮裡，多少人眼紅，多少人嫉妒……』說著，就壓低了聲音：『我不得不提醒妳，妳一個不小心，被人抓著了小辮子，妳很可能，糊裡糊塗就送掉一條小命！』

『那有這麼嚴重？』小燕子不信。

『妳最好相信我！』令妃眼神嚴肅。

小燕子眼前，不禁浮起皇后的臉和聲音：

『這皇室血統，不容混淆！如果有絲毫破綻，是砍頭的大事，妳懂嗎？』

小燕子機伶伶的打了個寒戰。突然著急起來：

『可是……娘娘，我……我遲早要出宮回家的……』

令妃好緊張，慌忙四面看看，打斷了小燕子：

『噓！這話就是犯了忌諱，什麼「回家」，這兒就是妳家了！從此以後，妳的榮華富貴，是享用不盡的！可是，妳千萬別再說，妳還懷念民間生活，或者是……有關妳爹娘的疑惑。現在，皇上認定了妳是格格，妳就是千真萬確的格格了！妳自己也要毫無疑問的相信這點！』

小燕子大急，那，紫薇要怎麼辦？她忍不住就衝口而出：

『那……萬一我不是格格，那要怎麼辦？』

令妃一驚，腳下一個踉蹌，差點摔一跤。臘梅冬雪急忙扶住。

令妃站穩了，將小燕子的胳臂緊緊的一握。臉色有些蒼白，眼睛死死的盯著她。

『如果妳不是格格，妳就是欺君大罪，那是一定會砍頭的！不止妳會被砍頭，受牽連的人還會有一大群，像鄂敏，像我，像福倫……都脫不了干係……所以，這句話，妳嚥進肚子裡，永遠不許再說！』

小燕子被令妃的語氣和神色嚇住了，知道令妃所言不虛。不禁張口結舌，心裡苦極了。紫薇，紫薇，這一下要怎麼辦呢？我怕死，我不要死！我實在捨不得我這顆腦袋啊！

正在此時，永琪和爾泰結伴走來。

永琪一眼看到穿著旗裝的小燕子，眼睛一亮。

『這不是被我一箭射來的格格嗎？』

令妃見到永琪和爾泰，立刻臉色一轉，眉開眼笑。

『五阿哥！』又對爾泰招呼道：『爾泰，好久沒見到你額娘了，幫我轉告一聲，請她沒事的時候，來宮裡轉轉！』

爾泰連忙對令妃躬身行禮，應道：

『娘娘吉祥！我額娘也天天唸叨著娘娘呢！但是，全家都知道，娘娘最近好忙，要照顧這位新來的格格……』說著，就轉眼看著小燕子，一笑。

永琪凝視小燕子，讚嘆不已：

『妳穿了這一身衣服，和那天在圍場裡，真是判若兩人！沒想到，我有一個這麼標緻的妹妹！』

小燕子看著永琪，驀然想起，那天在圍場中，將自己惶急抱起的永琪，心中竟沒來由的一熱。

『原來，你是五阿哥！』

令妃招呼著衆人：

『咱們到亭子裡坐一下，格格大病初癒，只怕站得太久了不好！』

大家進了亭子，紛紛落坐。宮女們早就忙忙碌碌，來不及的上茶上點心。

永琪見小燕子明艷照人，一雙大眼睛晶亮晶亮，竟無法把視線移開。

『妳身體都好了嗎？那天在圍場，我明明看到的是一隻鹿，就不知道怎麼一箭射過去，會射到了妳！後來知道把妳傷得好重，我真是懊惱極了！』

小燕子看到永琪和爾泰，和自己差不多年紀，都是一臉和氣，笑嘻嘻的。自己的情緒就高昂起來，把那些宮中忌諱，都忘掉了。坦率的喊著說：

『你不用懊惱了！虧得你那一箭，才讓我和皇上見了面，我謝你還來不及呢！』

『那妳就謝錯人了，妳應該謝我！』爾泰大笑說道。

小燕子驚奇的看著爾泰。令妃連忙對小燕子介紹：

『這位是福倫大學士的二公子，他和大公子爾康，都是皇上面前的紅人，爾泰是五阿哥的伴讀，兩個人可是焦不離孟！』

什麼『焦不離孟』？小燕子聽不懂。對那天自己中箭的事，仍然充滿好奇。

『爲什麼我該謝你呢?』她問爾泰。

『如果不是我分散爾康的注意力,可能妳就逃掉一劫,五阿哥瞄準的時候,已經晚了一步,這才射到了妳!所以,妳應該是被我們兩個「獵到」的!』爾泰嘻嘻哈哈的說。

永琪便對小燕子舉著茶杯敬了敬:

『我以茶當酒,敬「最美麗的小鹿」!』

小燕子聽了半天,對於自己怎麼中箭的,還是糊裡糊塗。卻被兩個人逗得哈哈大笑了。就豪氣的舉杯,嚷著說:

『敬最糊塗的獵人!』仰頭一口乾了杯子,這才發現杯子裡是茶不是酒,不禁埋怨:『爲什麼不用真酒呢?喝茶有什麼味道?滿人都是大口喝酒,大塊吃肉的,不是嗎?』

『說得是!』

永琪回頭一看臘梅和冬雪,和環侍在側的小太監們。

『奴才這就去取酒來!』太監宮女們嚷著,立刻紛紛行動。

好快的速度,小菜、酒壺、酒杯、碗筷全上了桌。

小燕子這一下可樂壞了。當『格格』的滋味真好!一聲令下,就有一群人爲妳服務,太過癮

了！紫薇，妳只好再委屈幾天了！她甩甩頭，把那份『犯罪感』硬給甩在腦後，就站起身來，高舉酒杯，淺笑盈盈，對衆人歡喜的說道：

『謝謝你們大家，對我這麼好！雖然莫名其妙挨了一箭，差點把小命送掉，卻得到了許多一生沒有得到過的東西！我每天都新奇得不得了，真的忘了自己姓甚名誰了！今天，我會和一個阿哥，一個官少爺，一個皇妃娘娘，坐在御花園的亭子裡喝酒，說出去都沒有人會相信，簡直像作夢一樣！』看著永琪和爾泰：『我好高興認識了你們，真想跟你們拜把子！』

永琪大笑起來：

『不用拜把子了，我是阿哥，妳是格格，咱們本來就是兄妹！至於爾泰呢，他的額娘，正是令妃娘娘的表姐，所以，沾親帶故，也可以算是妳的哥哥了！』

『看樣子，我有了一大堆的皇親國戚！』

『不錯！我聽皇阿瑪說，要用三個月的時間，讓妳把這些親屬關係，弄弄清楚！』

『這以後可忙了，多少規矩要學起來，頭一件，妳這漢人的鞋，是不能再穿了！』令妃笑著說。

『還有咱們的語言，滿人不能不會滿洲話！』爾泰接口。

『這宮中禮節，也要一樣樣的學！』令妃又說。

『還要和咱們一起上書房，皇阿瑪能詩能文，對子女的要求也高！』永琪再說。

小燕子越聽越怕，眼睛越睜越大。聽到這兒，不禁把酒杯往桌上一放，脫口說道：

『完了，完了！我完了！』

衆人被她這句話，嚇了一跳。

『什麼叫「妳完了」？』永琪問。

『如果要我學這麼多規矩，我就不要當格格了！』小燕子認真的說。

令妃慌忙用力將小燕子衣襟一扯，笑笑說：

『又在胡說八道了！』

永琪深深的看著小燕子，對這個『民間格格』，有說不出來的驚奇和好感。

『在宮裡，不可以說「我完了」，這是忌諱的！以後不要再說了！』他提醒著小燕子。

小燕子一呆。

『那我要說「我完了」的時候，我怎麼說呢？』

爾泰大笑接口：

『妳怎麼會「完」呢？妳是「千歲千歲千千歲」，是「沒完沒了」的！是「長命千歲」的！是不會「完」的！』

『那我「死的」時候，也不會「死」嗎？』小燕子又衝口而出。

令妃一把蒙住了小燕子的嘴。

衆人瞪大了眼睛，面面相覷，連那些太監和宮女，都忍俊不禁。爾泰和永琪，對這樣一個沒章法的格格，都不能不嘆爲觀止了。

幾天後，乾隆把幾個心腹大臣，全部召到書房裡來，商量小燕子的事。

『朕實在是沒想到事隔多年，憑空多出這麼一個如花似玉的格格來！哈哈……說起來冥冥中自有定數。那時，朕因接到太后懿旨，不得不匆匆離開濟南返回北京，臨行前，朕答應雨荷，會派人將她接回宮裡來住，不料苗疆叛變，這一仗足足打了一年多才算平定。朕國事匆忙，也就把雨荷的事給耽擱了，想不到事隔十九年，朕的滄海遺珠，居然失而復得了！』

『此事足以證明皇上的真情感動了天地，闔家才得以團圓，可喜可賀；格格大難不死，必有後福！』福倫彎腰說道。

衆臣也都躬身祝賀道：

『恭喜皇上！賀喜皇上！』

『朕今天召見各位賢卿，是想徵求一下大家的意見！朕覺得對這個女兒，有點愧疚，想公開給她一個「格格」名分，各位覺得如何？』

紀曉嵐排衆而出。

『皇上！臣以爲，濟南一段往事，難以取信天下。皇上是萬民表率，也不宜有太多韻事傳出，不如對外宣稱，格格是皇上在民間所認的「義女」，如此一來，給予「格格」稱謂，也就名正言順了！』

『算是「義女」？豈不太委屈她了！』乾隆有些猶豫。

福倫誠懇的接了口：

『曉嵐的顧慮，確實有理，當初，既是「微服出巡」，知道的人不多。如果把這件佳話，傳聞天下，只怕多事的人，渲渲染染，對皇上和格格，都是不利！說是「義女」，萬無一失！』

『也罷，就依兩位賢卿的意思！那麼，朕封她爲和碩格格，如何？』

『皇上！這也不妥！和碩格格必須是王妃所生，這位格格來自民間，生母又是漢人，身分特

殊，如果封爲和碩格格，恐怕引起議論和猜忌，讓其他格格不平。不如給她一個特別的稱謂，讓她超然一點，也與衆不同一點！』紀曉嵐又說。

『紀賢卿考慮得很周到，但是，什麼稱謂才好呢？』

紀曉嵐沈吟片刻。抬頭說：

『「還珠格格」如何？』

乾隆想了想，不禁大喜，擊掌嘆道：

『還珠格格！哈哈！好一個「還珠格格」！朕喜歡！太喜歡了！就是這樣了！還珠格格！她是朕的還珠格格！』

小燕子就這樣，名分已定。不管她自己還怎樣迷迷糊糊，她卻再也改變不了這個事實：她成爲皇上面前的新貴，還珠格格！

5

在『冊封』之前，小燕子還有一關要通過。

這天，小燕子被帶到『乾清』宮，來見乾隆和皇后。令妃陪著她。

乾隆的這位皇后，姓烏喇那拉氏，是乾隆的第二個皇后。乾隆第一個皇后『孝賢皇后』爲人謙和，人人喜歡，長得非常美麗，和乾隆伉儷情深。可惜不長壽，在乾隆十三年死了。乾隆傷心得不得了，作了很多的詩來悼念她。在他的內心，沒有人再能繼任『皇后』的位子。但是，六宮不能沒有統攝，在太后的示意下，立了現在這個皇后。因爲有『孝賢皇后』在前，大家都會把兩個皇后作一番比較，烏喇那拉氏就輸給孝賢皇后了。乾隆自己，對這個皇后，也有很多不滿意。

既不像對孝賢皇后那麼『敬愛』，也不像對令妃那樣『寵愛』，所以，這個皇后是很失意很落寞的。爲了要證明自己聰明能幹，她事事要強；爲了皇后的尊嚴，她經常聲色俱厲。在她心裡，確實有很多的不平衡。這些不平衡，把她變成了一個尖銳而難纏的人物。

小燕子對這些一無所知。走進大廳，就看到乾隆和皇后了。

乾隆和皇后端坐在桌前，乾隆面帶微笑，皇后卻非常嚴肅。小燕子一見到皇后，心裡就七上八下，充滿不安。她知道，如果說她在宮裡有什麼敵人，那就是這個皇后了。她硬著頭皮上前，胡亂的屈了屈膝。問：

『你們叫我？』

皇后臉一板，看了令妃一眼：

『這像話嗎？』就銳利的盯著小燕子問：『妳到現在，連「請安問好」都不會嗎？見了皇上皇后，居然用「你們」兩個字？』

小燕子一呆。

『那……不是「你們」，是什麼？』

乾隆急忙打哈哈：

『慢慢教，慢慢教！』他看了令妃一眼，眼光卻是柔和的。『妳累一點，一樣樣跟她說明白！』

『是！』令妃應著。

『小燕子！妳坐下！』乾隆說。

早有宮女，搬了一張小凳子過來，讓小燕子坐下。

乾隆就和顏悅色的說：

『今天，朕和皇后叫妳過來，是因爲關於妳的身世，還有許多不明白的地方，需要妳說說清楚！這些疑問弄清楚了，妳就是朕的「還珠格格」了！』

小燕子的心猛的一沈，睜大眼睛看著乾隆。疑問？弄弄清楚？這些『疑問』弄清楚了，管他什麼『還珠格格』『送珠格格』，我都不是了！這怎麼辦？或者，乾脆招了吧！把真相說出來算了！她心裡想著，眼珠轉來轉去，正好接觸到皇后的眼光，那眼光不懷好意的瞪著她，似乎在說：『看我揪出妳的狐狸尾巴來！看妳的腦袋還保得住保不住！』小燕子的心，『砰』的一聲，幾乎跳出喉嚨口。我才不要被妳逮住！我一定一定不能被妳逮住！她嚥了一口口水，看著乾隆：

『是！皇阿瑪儘管問！』

『妳娘有沒有告訴妳，朕和她，是怎麼認識的？』乾隆柔聲問。

小燕子神色一鬆，慌忙說：

『有啊！她說，皇阿瑪為了躲雨，去她那兒「小坐」，後來，雨停了，皇阿瑪也不想走了！「小坐」就變成「小住」了！後來……』

乾隆震動了，在兩位后妃面前，提起往年韻事，也略有一些尷尬。就忙著打岔，掩飾的咳了一聲：

『正是這樣，避雨，避雨。沒錯！』

皇后的臉色很不好看。

『小燕子，妳是什麼時候離開濟南的？什麼時候到北京的？』皇后問。

小燕子轉動眼珠，算著紫薇的日子：

『去年八月我從濟南動身，今年二月才走到北京。』

『哦？這麼說，妳到北京只有短短的幾個月，妳怎麼講著一口道地的京片子？聽不出一點兒山東口音？』皇后問得敏銳。

小燕子答得機警：

『皇后，妳不明白，我娘從小就給我請了一位老師，教我說北京話，我到現在才知道我娘為什麼要這樣做！原來，她早已知道，我可能有一天，要到北京來，要說北京話！』

乾隆好感動，頻頻點頭。

令妃長長一嘆，同情的接口說：

『真是用心良苦啊！』

皇后陰沈的瞪了令妃一眼，再銳利的轉向小燕子。

『原來如此！那麼，妳總不至於不會家鄉話吧！說幾句山東話，給我們聽聽！』

小燕子楞了楞，心裡一陣竊喜。要考我？山東話有什麼問題？柳青柳紅都是山東人呀！賣藝的時候，我還常常裝成山東人呢！想著，便臉色一正，用山東腔拉長聲音叫賣起來：

『包子，饅頭，豆沙包……又香又大的包子，饅頭，豆沙包……熱呼呼的包子，饅頭，豆沙包……』

宮女們拚命忍住笑。

乾隆和令妃對看，有些啼笑皆非。

皇后聽得眼睛都張大了。

『好了好了，說點別的！』皇后打斷了她。

『別的？』小燕子想了想，就用山東話流利的說了起來：『在下小燕子，山東人氏。我爲了尋親來到貴寶地，不料爹沒找到，我又生了一場大病，差點送掉小命！身上的錢，全體用完，因此斗膽獻醜，在這兒表演一點拳腳功夫給大家看看！希望北京的老爺少爺，姑娘大嬸，發發慈悲，有錢出錢，讓我籌到回鄉的路費，各位的大恩大德，小燕子來生做牛做馬，報答各位！』

皇后皺著眉頭：

『這詞兒真新鮮！講得也挺溜！』

『我練過好多次了！』小燕子一得意，衝口而出。

皇后立即問：

『練這個做什麼？』

小燕子吃了一驚，張大眼睛，飛快的轉著念頭。

『如果再找不著爹，我身上又沒錢，只好去「街頭賣藝」了！』她說。

乾隆聽得心酸極了。令妃也是一臉的憐惜。只有皇后，越聽越疑惑。

『妳還會一點拳腳功夫？妳娘居然教妳這個？』

小燕子撒謊本來就是一個『專家』，這會兒已經不怕了，越說越溜：

『是啊！我娘說，姑娘家不學一點功夫，容易被人欺負，要我學拳腳，可惜我不用功，什麼都沒學好！』

皇后冷冷的看著小燕子，有力的說：

『妳娘這樣栽培妳，妳的學問一定挺好！妳的皇阿瑪能文能武，詩詞歌賦樣樣強，想必，妳也學了詩詞歌賦！背兩首詩來聽聽吧！』

小燕子嚇了一大跳，這才覺得問題來了，她看看皇后，又看看乾隆。有些慌了。

『詩？我娘沒教我作詩……』她結舌的，吞吞吐吐。

皇后陡的提高聲音：

『這就怪了！妳娘教妳說北京話，教妳拳腳功夫，不教妳作詩？那麼，四書五經總讀過吧？』

『什麼書什麼經？』她想了起來，眼睛一亮：『我會背幾句「三字經」！』

『還有呢？總不會只有三字經吧？』

小燕子額上冒汗了，發現這個皇后實在很難纏。心裡一急，撒賴的功夫就出來了。背脊一

挺，老羞成怒的，豁出去的喊了起來：

『我是沒有什麼學問，也沒唸過多少書！皇后這樣審我，是不是皇阿瑪不要認我了？不認就算了嘛！用不著考我！』

皇后又驚又怒：

『皇上！您看她這是什麼態度？難道我問問她都不行嗎？』

乾隆早已認定了小燕子，一句『避雨』，又說中了乾隆往事，他心裡，再也沒有懷疑，只有憐惜。看到小燕子被皇后逼得手足無措，更是心有不忍。他全心向著小燕子，代她著急，還來不及說什麼，小燕子已經大聲接了口：

『我娘，她就是很奇怪嘛！她教我這個，教我那個，就沒有好好的教我做學問！她說，姑娘家學那麼多幹什麼？她現在已經死了，我也沒辦法問她爲什麼？反正，我也弄不清楚，我也不明白……妳再問，我還是不明白……』

乾隆聽到這裡，心中酸楚，揣測著雨荷的心態，再也按捺不住，面色悽然的說：

『妳不明白，朕明白！』

小燕子吃了一驚，眼睛睜得好大，我都不明白，你居然明白？她愕然的問：

『啊？皇阿瑪明白？』

乾隆重重的一點頭。

『是，朕什麼都瞭解了！』他嘆了口氣：『唉！妳娘是個真正的才女呀！詩詞歌賦，琴棋書畫，樣樣都行！當初，就是她的才氣讓朕動了心，可是，卻讓她付出了整個的一生！她的怨，是這麼深刻，她不要妳再像她一樣……唉！女子無才便是德，真是用心良苦呀！』

小燕子喉嚨裡咕嘟一聲，嚥了一口口水，如釋重負。

皇后疑惑極了，卻抓不著把柄。

『那麼，小燕子，妳娘臨終，是怎樣對妳說的？除了交給妳的兩件信物以外，還有什麼「夜半無人私語時」的話嗎？』

『夜半什麼？半夜什麼……』小燕子頭昏腦脹：『半夜沒人的時候，我娘就死啦！』她哀怨的看乾隆：『皇阿瑪，我可不可以不說我娘臨死的事？我……我……我……』聲音顫抖著，一半由於害怕，一半由於技窮。

令妃看看小燕子，再看看乾隆，委婉的插嘴了：

『皇上！咱們別問了吧！這不是很殘忍嗎？您瞧，小燕子已經快哭了，何必再折磨這孩子

呢?她才十八歲，已經受過這麼多痛苦了，好不容易，冒著生命危險，從鬼門關轉了一圈，才找著了親爹!現在，咱們還要讓她一件件的說，一件件的回憶，不是讓她再痛一次?難道她的傷口還不夠深，不夠多嗎?』

乾隆早已心痛極了，令妃的字字句句，更是敲進他的心坎裡。立刻大聲說：

『小燕子!妳什麼都不用說了!朕已經完完全全的相信了妳，肯定了妳!再也沒有絲毫的懷疑!從今以後，誰都不許再盤問妳什麼，妳就是朕失而復得的「還珠格格」!』就回頭喊：『令妃!』

『臣妾在!』令妃大聲應著。

『妳幫朕好好的教她!』

『臣妾遵命!十天之內，一定給您一個儀態萬千的格格!』令妃答得有力，充滿信心，面有得色。

皇后對令妃恨得牙癢癢，對小燕子一肚子狐疑，她知道，這個來歷不明的小燕子疑竇重重，絕對絕對有問題!但是，在乾隆的百般庇護，和自圓其說下，她卻充滿了無可奈何。

小燕子知道過關了，好生得意。睜著黑白分明的大眼睛，忍不住勝利的掃了皇后一眼。

十天以後，令妃帶著宮女們，細心的把小燕子打扮成一個『格格』。梳好了頭，釵環首飾，一件件的插上髮際，再把那頂綴著大紅花的『格格』頭，給她戴好。耳環珠珮，一一上身。當然免不了畫眉染唇，胭脂水粉。最後，是那雙『花盆底』鞋，代替了平底的繡花鞋，穿上了小燕子的腳。

小燕子被動的坐著，已經很不耐煩。但是，臘梅冬雪她們忙得不亦樂乎。令妃跑前跑後，不住的拿來這個，又拿來那個，拚命往小燕子頭上身上戴去。人家一番好意，她只得勉爲其難的忍耐著。

終於，令妃滿意了，站在她面前，左打量，右打量。

『真是佛要金裝，人要衣裝！這樣一打扮，才真是一位格格了！鏡子！』

冬雪捧了鏡子，送到小燕子面前。

小燕子對著鏡子一看。這一驚非同小可，大叫一聲，整個人直跳了起來。

『哇！這怎麼可能會是我！』

冬雪嚇得鏡子差點落地，幸好一手接住。

正給小燕子上胭脂的臘梅，運氣沒那麼好，嚇得手一鬆，胭脂盒墜地。

『奴婢該死！』臘梅急忙跪下。

小燕子伸手去拉臘梅，真受不了大家動不動就下跪！

『不是妳該死，是我這樣打扮太奇怪了，不行不行……』她抓起桌上的帕子，就去擦著臉孔。『太紅了，簡直像猴兒屁股！』

令妃急忙拉住小燕子的手，又急又好笑，阻止著小燕子：

『別動別動！妳看那一位格格，不是這樣打扮，連我身邊的七格格和九格格，也是這樣的！待會兒皇上要來，妳就規矩一點，給皇上看看妳的格格樣子！』說著，又俯身在小燕子耳邊說：『還有，這「屁股」兩個字，身為「格格」，是不能說的！』

小燕子掀眉瞪眼，衝口而出：

『難道「格格」就沒有「屁股」？皇阿瑪還不是要用「屁股」坐！』

臘梅冬雪和宮女們掩著嘴，拚命要忍住笑。

令妃啼笑皆非。

『怎麼規矩那麼多！煩都煩死了！哦……』想了起來：『這「死」字格格也不能說……可是

宮女們動不動就說「奴才該死」，真是奇怪！』她動了動手腳，臉拉得比馬還長：『妳們在我身上，掛了太多東西，這個頭就有幾斤重，這不是打扮，這是受罪嘛……』說著，從椅子上站了起來，想走動，一抬腳，差點摔跤，慌忙扶住桌沿，顫巍巍的站著。『頭上有高帽子，腳下有高鞋子……這比練把式還難！』

小燕子的議論還沒發完，門外太監們的聲音，已經一路嚷來：

『皇上駕到，皇后駕到！』

令妃一凜，急忙走出去迎接。

『臣妾恭請皇上吉祥、皇后吉祥。』

乾隆笑著扶起了令妃，說道：

『皇后特別要來看看妳調教的成績。小燕子怎樣？這規矩都學會了沒有？』

令妃笑笑，朝裡屋看看，心裡實在有點不放心。乾隆已經和皇后走了進去。宮女太監立刻趴了一地，大喊著：『皇上吉祥！皇后吉祥！』小燕子像個雕刻一樣，直挺挺站在那兒，動也不敢動。令妃急忙喊：

『格格，還不快向皇阿瑪、皇后娘娘行禮！』

小燕子聽見令妃的吩咐，有些尷尬苦笑。那個『花盆底』，弄得她連站都站不穩，還行什麼禮？她心裡直叫苦，眼看乾隆和皇后盯著自己，沒辦法，只好硬著頭皮，學著滿人敬禮的方式，帕子一揮，嘴裡喊著：

『是！皇阿瑪吉祥，皇后娘娘吉祥……哎呀！』

小燕子兩手往腰間一插，正要屈膝時，因爲雙手離開桌面，驟然失去了重心，一個無法平衡，話還沒說完，人已整個的趴在地上了。

乾隆驚愕得瞪大了眼睛。

皇后掩口而笑。幸災樂禍的說：

『這個禮，也行得太大了！』便瞟了令妃一眼，不滿的問：『連個「請安」都還沒教好嗎？那……「走路」會嗎？』

令妃又慌又窘，上前扶起小燕子。慚愧的低下頭去。

『是臣妾調教無方……』

令妃話未說完，小燕子已經從地上一躍而起，穩住身子，傲然的說：

『別怪令妃娘娘了，她已經教過幾百遍了！誰會連「走路」都不會呢？讓我走幾步給你們看

看！』

小燕子一面說，一面往前就『走』，這次有了防備，把練武的一套都搬出來了，腳不沾塵的，飛掠過乾隆和皇后的面前。竟然穿房而過，竄到外間去了。

乾隆和皇后錯愕間，小燕子又飛掠而回，『刷』的一聲閃了過來，一個大轉身，穩穩的站在乾隆和皇后的面前。

『這是表演功夫，還是怎麼的？』皇后驚得目瞪口呆。

乾隆驚愕之餘，卻哈哈大笑起來了。

『怪不得妳的名字叫「小燕子」，原來走起路來，是用「飛」的！飛過去，又飛回來，真是一隻小燕子呀！哈哈！哈哈！』

乾隆這樣一樂，衆人如釋重負，全都配合著笑。只有皇后，一臉的不以爲然。

『既然已經册封爲「還珠格格」，這種種規矩，還是要學會！總不能見了王公大臣，也是這樣「飛過去，飛過來」吧！』

『臣妾知罪，一定加緊訓練。』令妃說。

乾隆不大高興了，對皇后皺皺眉：

『妳也太嚴肅了一點，小燕子來自民間，不能用宮中規矩，要求太多！』

『皇上這話錯了，小燕子已經貴爲格格，馬上就要讓百官參拜，還要遊行到天壇祭天，去雍和宮酬神，那麼多的場面，如果她有一些失態，豈不是讓皇上丟臉嗎？』皇后義正辭嚴。

乾隆楞了楞，臉色不大好。

小燕子急忙一甩帕子，穩穩的請下安去，這次，卻做得絲毫不錯。

『皇阿瑪不用操心，皇后娘娘也不用著急，我一定盡快學會規矩，不讓皇阿瑪丟臉！』

乾隆一怔，又忍不住笑了，憐愛備至的看著小燕子。

『好一個「還珠格格」，真是冰雪聰明呀！』說著，就看看令妃。『朕已經把漱芳齋賜給小燕子住！明兒起，她不必擠在妳這兒，可以讓她「自立門户」了！』

這下，輪到皇后的臉色不好看了。

『漱芳齋』是宮裡的一個小院落，有大廳，有卧室，有餐廳廚房，自成一個獨立的家居環境。在宮裡，每個宮都有名字，皇后住的是『坤寧宮』，令妃住的是『延禧宮』，永琪住的是『景陽宮』，乾隆住的是『乾清宮』。另外還有『鍾粹宮』、『永和宮』、『永壽宮』、『翊坤

宮』……和許多小燕子叫不出名字，也認不得字的宮，裡面住著乾隆的衆多妃嬪和阿哥們，格格們。

小燕子搬進了『漱芳齋』，才知道自己不再是一個『附屬品』了。隨著她的搬遷，明月、彩霞兩個貼身宮女就跟了她。小鄧子、小卓子兩個太監也跟了她。小卓子本來不姓卓，姓杜。小燕子一聽他自稱爲『小杜子』，就笑得岔了氣。

『什麼小肚子，還小腸子呢！』於是，把他改成了小卓子。因爲既然有個『小凳子』不妨再配個『小桌子』。小杜子有點不願意，小鄧子拍著他的肩說：

『格格說你是小卓子，你就是小卓子，你爹把你送進宮來，還指望你「傳宗接代」嗎？』

於是，小卓子就磕下頭去，大聲『謝恩』。

『小卓子謝格格賜姓！』

這樣，這個『漱芳齋』就很成氣候了。再加上廚房裡的嬷嬷，打掃的宮女太監們，這兒儼然是個『大家庭』了。然後，乾隆的賞賜，就一件件的抬了進來。珍珠十串，玉如意一支，玉珮十二件，珍玩二十件，文房四寶一套，珊瑚兩件，金銀珠寶兩箱，銀錠子一百兩……看得小燕子眼花撩亂，整個人都傻住了。

『哇！這麼多金銀珠寶，以後再也不用去街頭賣藝了……夠大雜院裡大家過好幾輩子！』小燕子想著，就心癢難搔了。『怎樣能出宮一趟才好！怎樣能把這些東西送去給紫薇才好！』

小燕子想著想著，就像害了相思病一樣，想起紫薇來。紫薇，紫薇，我要怎樣才能讓妳明白，這整個事情的經過？我要怎樣才能把格格還給妳呢？午夜夢迴，夜靜更深的時候，小燕子也會被『自責』折磨得失眠了。看著那櫛比鱗次的屋簷，聽著一聲聲的更鼓，她好想好想大雜院啊！

當乾隆來到『漱芳齋』，對小燕子關懷的問：

『這房子還滿意嗎？能住嗎？』

小燕子挑起眉毛，誇張的喊：

『能住嗎？住起來真有點困難呢！』

同來的令妃嚇了一跳，急忙問：

『怎麼？缺什麼嗎？我趕快叫人給妳辦！』

『就因爲什麼都不缺，才奇怪呢！睡在這樣的房子裡，想著大雜院……我是說，想著許多我進宮以前的朋友，我就睡不著了！』

乾隆深深的看著小燕子。

『妳進宮以前，還有很多朋友嗎？』

『那可不！』

乾隆點點頭。

『等朕有時間的時候，應該跟妳好好的談一談！』便憐愛的問：『還有什麼需要沒有？妳儘管說！』

小燕子對著乾隆，『碰咚』一跪。哀求的喊著：

『皇阿瑪！』

『怎麼？怎麼？有什麼不稱心的嗎？』乾隆著急的問。

『我想到宮外走走！』

『宮外？』乾隆怔了怔。『妳想出宮，並不是不可以！但是，最近這段日子還不行，妳有那麼多禮節規矩還沒學會，何況，馬上要帶妳去祭天酬神了，那可是一個大日子……』想了起來，對小燕子安慰的笑笑：『對了，那天妳就到宮外了！被大轎子抬著，從皇宮一路抬到天壇去！會很熱鬧的！妳就忍耐兩天吧！』

那天真的是個大日子。

在旗幟飄飄下，儀仗隊奏著鼓樂，馬隊迤邐向前。

街道兩旁，萬頭鑽動，大家爭先恐後的擁擠著，要爭睹皇上和格格的風采。

乾隆盛裝，坐在一頂龍輿內，在永琪及其他阿哥貝子們的簇擁下，威武的前行。乾隆拉開轎帘，不住對夾道歡呼的民眾揮手。

小燕子真是神氣極了，穿著滿清格格的盛裝，坐在一頂十多人所抬的大轎上，四周有侍衛保護和大臣簇擁，沿街緩緩行進。小燕子在如此壯觀的遊行中，不免得意洋洋，把轎帘全部拉開，恨不得連腦袋都伸到窗外去，不住的對群眾揮手示意。

群眾們你推我擠，叫著，嚷著，人人興奮著。大家的歡呼不斷，吼聲震天：

『皇上萬歲萬歲萬萬歲！格格千歲千歲千千歲！』

一路有群眾匍匐於地。

小燕子聽到群眾這樣的歡呼，激動得一塌糊塗。她是小燕子呀！以前，走在街上，沒有幾個人會對她正眼相看，現在，竟然人人對她歡呼！她太感動了，太震懾了，太興奮了！多麼可愛的

人群啊！她恨不得跳下轎子，去擁抱那些群衆，去跟他們一起歡呼。

小燕子陶醉在人群的叩拜和歡呼裡，完全沒有發現，紫薇、金瑣、柳青、柳紅也擠在人群裡觀望。紫薇瞪著那頂金碧輝煌的轎子，瞪著那個掀開轎帘，珠圍翠繞的『格格』，震驚得目瞪口呆。

金瑣扶著紫薇，眼珠都快要從眼眶裡掉出來了，她搖著紫薇，不相信的喊著：

『小姐！小姐！妳看，那是小燕子呀！坐在轎子裡的是小燕子呀！她成了格格了！是不是？是不是？』

紫薇瞪著小燕子，整個人都嚇傻了。不不！這不可能！小燕子不會這樣對我！

柳青看著轎子，忍不住大跳大叫起來：

『小燕子！小燕子！那是小燕子呀！』

柳紅也揮著帕子大叫：

『小燕子！小燕子！看這邊呀……妳怎麼會變成格格呢？』

小燕子什麼都沒有聽到，外面的人群太多，人聲鼎沸，各種歡呼，各種議論，早把紫薇的聲音淹沒了。在那黑壓壓的人群中，紫薇他們四個，像是四粒沙塵，那麼渺小而不起眼。小燕子坐

在轎子中，在轎伕的晃動下，在樂隊的吹奏中，幾乎要手舞足蹈了。她很忙，忙著笑，忙著對群衆不停的揮手。

群衆們繼續高喊著：

『恭祝皇上萬歲萬萬歲！恭祝還珠格格千歲千千歲！』

『還珠格格！還珠格格？』紫薇這才大夢初醒般，震動的低喊著。

柳青急忙問一位群衆：

『什麼是還珠格格？』

群衆立刻七嘴八舌的接了口：

『你還不知道嗎？萬歲爺收了一個民間女子作「義女」，封爲「還珠格格」，今天，是帶還珠格格去祭天酬神呀！』

『聽說這位「還珠格格」神通廣大，萬歲爺喜歡得不得了！』

『我叔叔在宮裡當差，我最清楚了！這位「格格」來頭不小，說是說「義女」，搞不好就是金枝玉葉！誰都知道，皇上最喜歡「微服出巡」了，東南西北到處跑……就跑出一個格格來啦！』

紫薇聽著這些議論，震動已極。

金瑣已經氣極敗壞，搖著紫薇，痛喊道：

『小姐！她騙了妳！她拿走了信物，她做「格格」了！』

紫薇瞪大眼睛，整顆心都揪起來了。她對前面看去，那威武的乾隆皇已經走遠了，小燕子的轎子也慢慢的走遠了。但是，小燕子那打扮得無比美麗的臉龐，那得意的笑，那揮舞著的手……全在她眼前擴大，擴大，擴大到無窮無盡。

『還珠格格千歲千歲千千歲！』

群衆的歡呼，震動著紫薇的耳膜。聲音響得蓋天蓋地。還珠格格，還珠格格？是滄海遺珠？是還君明珠？紫薇的心，緊緊的抽痛了，痛得翻天覆地。

轎子，馬隊，儀隊，樂隊……絡繹向前。

爾康、爾泰騎著大馬，不斷巡視過來，嚴密的保護著皇上和『還珠格格』。

爾康叮囑著爾泰：

『老百姓太多了，要小心一點，嚴防刺客！』

『我知道！』

隊伍緩緩前行。

紫薇的眼光，始終直勾勾的看著前面。小燕子的臉，群衆的歡呼，衛隊的簇擁，和在前面輿轎中的乾隆，那和她這麼接近又這麼遙遠的乾隆……交叉疊印，在她眼前，如萬馬奔騰……

紫薇驀然間，發出一聲撕裂般的狂喊，排衆而出，没命的追向小燕子的轎子。嘴裡，瘋狂般的大叫著：

『她不是「格格」！她是「騙子」！她是騙子！皇上，你被騙了！皇上……我才是「格格」呀！小燕子……妳好狠呀，我們不是結拜的嗎？妳怎麼可以這麼欺騙我……妳怎麼可以這樣對我？』

紫薇這樣一叫，群衆騷動，衛隊騷動。

爾康急忙勒馬奔來。一眼看到紫薇，年紀輕輕，美貌如花，卻像著了魔，瘋狂般的向前衝，勢如拚命。爾康大驚，急忙喊：

『侍衛！把她抓起來！』

爾泰也勒馬過來，察看發生了什麼大事。爾康揮手喊道：

『爾泰！你保護皇上和格格，不要讓他們受到驚擾，這兒有我！』

『是！』

爾泰便帶著官兵，簇擁著乾隆和小燕子，隔斷了紫薇的騷擾，向前行去。小燕子和乾隆，依然笑著，依然揮手，渾然不知身後的混亂。

紫薇立刻身陷重圍，已有一群侍衛，一擁而上，七手八腳的抓住了紫薇。

紫薇拚命掙扎，痛喊著：

『小燕子！妳回來，妳跟我說明白……我對妳這樣挖心挖肝，爲什麼會變成這樣……妳做了格格，妳要我怎麼辦……要我怎麼辦？』她在侍衛的手中，扭曲著身子，奮力想衝出去，嘴裡繼續狂喊：『不要抓我！我要見那個格格！我要問問清楚，我要見皇上……我要見皇上……』

爾康怒叱：

『那兒來的瘋子？敢在今天鬧場！給我拖下去！關進大牢去！』

『喳！』侍衛們大聲應著，拖著紫薇走。

金瑣陷在人群之中，眼看紫薇要被抓走，驚得全身冷汗。她努力的衝著，擠著，想穿過重圍，去保護紫薇，在人群裡尖叫著。

『小姐！小姐呀……』

柳青柳紅看到紫薇被捉，也都大驚失色，柳青狂叫道：

『紫薇！趕快回來呀！』

官兵怒吼，攔著老百姓，人群擠來擠去，要看熱鬧，場面完全失控，一片混亂。

紫薇在侍衛手中，徒勞的掙扎，慘烈的呼號：

『皇上……你認錯人了……皇上……』

爾康見紫薇狂叫不已，人群也越擠越多，生怕驚動乾隆，急喊：

『讓她住口！快抓下去，不要驚擾到聖上和格格……』

就在此時，柳青柳紅竟然飛過人群，一路打了進來。柳青大吼著：

『放下那位姑娘！看掌！』

柳紅跟著殺了進來，一路把人撂倒在地。

爾康又急又氣，又驚又怒。怎麼可能？這麼高興的場合，萬民同歡的場面，居然有人搗亂？

他勒住馬，大叫：

『喀什汗！把他們都拿下來！』

『喳！』

便有一個大漢，率了一隊高手，立刻將柳青柳紅團團圍住。

紫薇被侍衛拖著走，她已經沒有掙扎的力氣，嘴裡仍在淒厲的喊著：

『皇上……摺扇是我的，「煙雨圖」是我的……夏雨荷是我娘呀……』

聽到這樣幾句話，爾康悚然一驚。她知道摺扇，知道『煙雨圖』，知道『小燕子』，還知道『夏雨荷』！這個狂叫的年輕女子，到底是什麼來歷？他不禁注意的、仔細的看向紫薇。

侍衛見紫薇狂叫不休，對紫薇一拳揮去。頓時間，眾侍衛便對紫薇拳打腳踢起來。紫薇不支，倒在地上，嘴角溢出血來。

爾康翻身落馬，衝上前去，一把抓住侍衛。

『住手！不要打！』

侍衛停手，驚看爾康。

紫薇抬起頭來，看著爾康。她滿面是傷，嘴角帶血，但是，那對盈盈然的大眼睛，清清澈澈，悽悽楚楚，帶著無盡的苦衷和哀訴，瞅著爾康。她掙扎著爬向他，伸手抓住他的衣襬。

『告訴皇上，請你告訴皇上，「雨後荷花承恩露，滿城春色映朝陽」……皇上的詩……寫給夏雨荷的……』

紫薇說到此處，不支的倒在爾康腳下。

爾康大震。她知道皇上的詩，還能背出這首詩！這還是什麼女子？

就在此時，金瑣終於衝出重圍，一見紫薇倒地，肝膽俱裂，以為紫薇已被打死，撲奔上前，哭倒在紫薇身上。

『小姐！妳不能死！妳死了，我如何對得起死去的太太……早知道會這樣，我們就待在濟南，不要來北京了……』

爾康更加驚疑。濟南？死去的太太？小姐？

此時，福倫勒馬過來。

『爾康，到底怎麼回事？有個瘋女人嗎？』

爾康怔怔的看著腳下的紫薇主僕，回頭看看福倫，當機立斷的說：

『阿瑪，事有可疑，我把她們都帶回府裡去，再慢慢審問！』

福倫點頭。

前面，乾隆躊躇志滿，一臉的笑，對於身後的打鬥爭吵，一點也不知道。對於有個和自己關係密切，可能是他真正的『滄海遺珠』，正被自己的衛隊打得半死，更是連影子都沒看到。他興

高采烈的接受著群衆的歡呼，心底漲滿了喜悅和歡欣。但是，那被層層隊伍簇擁著，包圍著的小燕子，卻不知怎的，似有所覺，頻頻回顧，微笑裡透著不安。『好像有紫薇的聲音……』她想著。往前看，僕從如雲。往後看，衛隊如山。往左右看，群衆如蟻。那兒有紫薇？

小燕子用力甩甩頭，甩不掉紫薇的影子。紫薇，這是暫時的！等我保住了腦袋，等我過夠了『格格癮』，我會把妳爹還給妳的！一定，一定，一定！

群衆仍一路拜倒，高聲呼叫著：

『恭祝皇上萬歲萬歲萬萬歲！恭祝還珠格格千歲千歲千千歲！』

6

紫薇萬萬没有料到，學士府竟是一個溫馨的、親切的地方。

福晉，是一個高貴而溫婉的女子。看到傷痕累累的紫薇，她什麼話都没問，立刻拿出自己的衣裳，叫丫頭們侍候紫薇梳洗更衣，又忙不迭的傳來大夫，給紫薇診治。幾個時辰以後，紫薇已經換了一套乾淨的衣服，也重新梳妝過了，躺在一張舒適的雕花大床上。她神情憔悴，看來可憐兮兮。

福晉彎腰看著紫薇，微笑的說：

『好了，衣服換乾淨了，人就清爽好多，對不對？大夫已經說了，傷都是一些外傷，還好没

有大礙，休養幾天，就沒事了！』

紫薇見福晉這麼慈祥，不禁痴痴的看著福晉，在枕上行禮，說：

『福晉，夏紫薇何德何能，有勞福晉親自照顧，紫薇在這兒給您磕頭了！』

福晉聽紫薇說話文雅，微微一怔，連忙笑著說：

『不敢當！姑娘既然到了我們府裡，就是咱們家的貴客，好好養傷，不要客氣！』

金瑣捧著一個藥碗，急急的走到床前。

『小姐，趕快把這個藥喝了，福晉特別關照給妳熬的，大夫說，一定要喝！』

紫薇看著金瑣，想到小燕子，就忍不住悲從中來，推開藥碗，傷心的說：

『小燕子這樣背叛我，我心都涼了，死了！信物沒有了，娘死了，爹……也沒指望了，我活著，還有什麼意思呢？』

『不能這樣說呀！留得青山在，不怕沒柴燒呀！』金瑣急急安慰著。

這時，爾康、爾泰，和福倫一起進來。

金瑣急忙起立。

『她好些了嗎？』福倫問福晉。

『好多了！』

爾康走到床前，深深的看了紫薇一眼。驚奇的發現，這個紫薇，雖然臉上帶傷，臉色蒼白，眼神中，盛滿了無助和淒楚。但是，她的秀麗和高雅，仍然遍佈在她眉尖眼底，在她一舉手一投足之間。那種典雅的氣質，幾乎是無法遮蓋的。爾康凝視著紫薇，微笑的說道：

『讓我先介紹一下，這是我的阿瑪，官居大學士，被皇上封爲忠勇一等公。我的額娘，妳已經見過了。我是福爾康，是皇上的「御前行走」，負責保護皇上的安全。這是我弟弟福爾泰，也在皇上面前當差！妳都認識了，就該告訴我們，妳到底是誰了？』

紫薇見爾康和顏悅色，心裡安定了一些。就掀被下床，請下安去。

『夏紫薇拜見福大人！給福大人請安了！』又回頭對爾康爾泰各福了一福，不亢不卑的說道：『見過兩位公子！』

福倫同樣被紫薇那高貴的氣勢震懾了，慌忙接口：

『姑娘不必多禮！今天姑娘大鬧遊行隊伍，到底是怎麼回事？』

『這件事說來話長！』紫薇激動起來。

『妳儘管說，沒有關係！』

紫薇有所顧忌，四面看看。

爾康回頭看婢女們，揮手道：

『大家都下去！』

婢女退出，房門立刻闔上了。

福倫、爾康、爾泰、福晉都看著紫薇。福晉扶著她坐下，大家也就紛紛落坐。只有金瑣不敢坐，侍立在側。紫薇就開始說了：

『我姓夏，名叫紫薇，我娘名叫夏雨荷，住在濟南大明湖畔。從小，我就知道我是一個和別人不一樣的孩子，我沒有爹，我娘也不跟我談爹，如果我問急了，我娘就默默拭淚，使我也不敢多問。雖然我沒有爹，我娘卻變賣家產，給我請了最好的師傅，琴棋書畫，詩詞歌賦，都細細的教我。十二歲那年，還請了師傅，教我滿文。這樣，一直到去年，我娘病重，自知不起，才告訴我，我的爹，居然是當今聖上！』

大家看著紫薇，房間裡鴉雀無聲。

紫薇繼續說：

『我娘臨終，交給我兩件信物，一件是皇上親自題詩畫畫的摺扇，一件是那張「煙雨圖」！

要我帶著這兩樣東西，來北京面見皇上，再三叮囑，一定要我和爹相認。我辦完了娘的喪事，賣了房子，帶著金瑣，來到北京。誰知到了北京，才知道皇宮有重重守衛，要見皇上，那有那麼容易！在北京流落了好多日子，也想過許多辦法，都行不通。就在走投無路的時候，認識了充滿俠氣的小燕子，我倆一見如故，我就搬到狗尾巴衚衕的大雜院裡，去和小燕子同住，兩人感情越來越好，終於結爲姐妹……』

『等一下！妳和小燕子結爲姐妹，她怎麼會跟妳同姓？』爾康追問。

『小燕子無父無母，姓什麼，那時生的，都搞不清楚。她爲了要搶著作我的姐姐，決定自己是八月初一生的，因爲她沒有姓，我覺得好可憐，就要她跟著我姓夏。』

『原來如此！』大家都恍然大悟，不禁深深點頭。

『我和小燕子既然是姐妹了，也沒有祕密了！我就把信物都給小燕子看了，把身世告訴了她。小燕子又驚又喜，整天幫我想主意，怎樣可以見到皇上？然後就是圍場狩獵那天。事實上，我們三個都去了圍場，小燕子帶路，要我翻越東邊那個大峭壁，是我和金瑣不爭氣，翻來翻去翻不動，摔得一身是傷。沒辦法了，我就求小燕子，帶著我的信物，去見皇上！把我的故事，去告訴皇上！小燕子就義不容辭的帶著我的信物，闖進圍場去了！從此，我就失去了她的消息，直到

今天，才在街上看到她，她卻已經成了「還珠格格」！』

紫薇說到這兒，已經人人震動。大家都驚訝不止，紫薇的故事，幾乎毫無破綻，太完整了。大家呆呆的看著紫薇，研究著這個故事的可信度。金瑣站在一邊，紫薇說一段，她就哭一段，更讓這個故事，充滿了動人的氣氛。

『我的故事，就是這樣。我發誓我所說的話，一字不假。可是，我自己也知道，要你們相信我的故事，實在很難。現在，我身上已經沒有信物了，一切變得口說無憑。可是，小燕子不是濟南人，她是在北京長大的，住在狗尾巴衚衕十二號，柳青柳紅和她認識已久，她的身分實在不難查明。如果福大人肯明查暗訪一下，一定會真相大白。我到了今天，才知道人心難測，我和小燕子真心結拜，竟然落到這個後果。想到自從小燕子失蹤，我爲她流淚，爲她禱告，爲她祈福，爲她擔心……我現在真的很心痛。我已經不在乎自己是不是格格，只可惜失去一個好姐妹，又誤了父女相認的機會！』紫薇說到這裡，痛定思痛，終於流下淚來。

大家聽完，彼此互視。好半天，都沒有人說話。

過了一會兒，福倫便站起身來。

『夏姑娘的故事，我已經明白了！我想，如果夏姑娘所言，都是真的，我們一定會想辦法，

給妳一個公道！目前，就請夏姑娘留在府裡，把身子先調養好，一切慢慢再說！』說著，回頭看福晉：『撥兩個丫頭照顧夏姑娘！』

『你放心，我會的！』

福倫起身離去，爾泰相隨。

爾康跟著福倫，走了兩步，不知怎的，又退了回來。

爾康摸著桌上已經涼了，還沒喝過的藥碗，看著紫薇，溫柔的說：

『藥已經涼了，我待會兒讓丫頭去熱！藥一定要吃，身上的傷，一定要養好！今天……在街上，實在是冒犯了，當時那個狀況，我沒有第二個選擇！』

紫薇凝視爾康，含淚點頭：

『不！你沒有冒犯我，是你救了我！如果我今天落在其他人手裡，大概已經沒命了！謝謝你肯帶我回府，謝謝你肯聽我說這麼長的故事！』

爾康深深的看著紫薇，看著看著，竟有些眩惑起來。

學士府有一段忙碌的日子。

爾康馬不停蹄，立刻去了大牢。柳青柳紅那天和侍衛大戰，怎麼打得過那麼多大內高手，已經失手被捕。爾康什麼話都沒說，就把兩人放了出來。接著，爾康去了大雜院，參觀了小燕子和紫薇住過的房間，見過了大雜院裡的老老小小，又和柳青柳紅長談了一番。什麼都真相大白了！紫薇是真格格，小燕子是假格格！

爾康實在太震動了。再也想不到，小燕子這麼大膽，冒充格格，犯下欺君大罪，這是要誅九族的事！但是，想那小燕子，一生貧困，混跡江湖，又沒受過什麼教育，碰到這麼大的誘惑，可以從一無所有，搖身一變，變成什麼都有，她大概實在無法抗拒這個機會吧！至於犯罪不犯罪，殺頭不殺頭，她大概也顧不得了。

爾康證實了紫薇的故事以後，第一件要處理好的，就是柳青柳紅。

『我想，你們對於小燕子怎麼會變成格格，一定充滿了疑問。這件事確實很離奇！她是那天闖圍場，被皇上拿下了，帶進宮裡，是她的緣分吧，皇上居然十分喜歡她，就收了她做「義女」！事情是很簡單的，但是，她既然已經是「格格」了，兩位最好守口如瓶，不要把格格的往事，拿出來招搖，免得惹禍上身！』

柳青一挺背脊，粗聲說：

『什麼惹禍上身？她變成格格也好，她變成天王老子也好，她就是變不出她自己那個樣！孫悟空不管怎麼變，還是一隻猴子！』

『這話錯了！』爾康正色的，嚴重的說：『她有了頭銜，有了封號，有了皇上的寵愛……她已經成了金枝玉葉，不是當初走江湖的姑娘了，即使是我，也不敢直呼她的閨名，你們也收斂一點！否則，像今天這種牢獄之災，恐怕會源源不絕而來，那時候，就不能像今天這樣輕鬆了！』

柳青怔忡著，臉色陰晴不定。

柳紅已經聽出爾康話中的厲害，慌忙對爾康說道：

『我們明白了！從此以後，不會亂說了！』

『那就好！』爾康看著二人：『至於夏姑娘，暫時住在我們府裡，大概不會回到這兒來住了！你們心裡，也該有個譜！』說著，就從懷中掏出一錠銀子，放在桌上。『這個，請給大雜院裡的老老小小，買點吃的穿的！是……夏姑娘的一點心意！』

柳青滿面狐疑。瞪著爾康，知道對方的來頭，聽出對方的『言外之意』，他就算有一千個，一萬個懷疑，也只有嚥進肚子裡去。他深吸了一口氣，衝口而出：

『看樣子，不止小燕子當了「格格」，紫薇也變成鳳凰了！我們什麼都不問，這個大雜院，

和紫薇小燕子她們，大概是緣分已盡了！』

爾康回到學士府，把經過都說了。福倫一家，實在是震撼到了極點。

爾泰對小燕子，充滿了好感，怎樣都無法相信，那個天真無邪，毫無心機的小燕子，會是一個出賣結拜姐妹，雀巢鳩佔的假格格！

『怎麼可能呢？』他不住口的說：『那個「還珠格格」天真爛漫，有話就說，一點心機都沒有！舉止動作之間，完全大而化之，什麼規矩禮儀，對她來說，都是廢話。上次和她在御花園裡相遇，她居然就在亭子裡面，和我們喝起酒來，簡直像個男孩子一樣，又淘氣又率直，是個非常可愛，也非常有趣的人。她怎麼可能背叛紫薇，做下這樣不可原諒的大事？』

『不管你相不相信，事實就是事實！』爾康懊惱的說。『假格格在宮裡，真格格在府裡！這件事，是件天大的錯誤！』

福晉思前想後，不禁著急起來。

『這事有點不妙！皇上對這個還珠格格好像愛得不得了，現在連酬神都酬過了，祭天也祭過了，等於昭告天下了……如果搞了半天，居然發現是個假格格，皇上的面子往那裡擱？恐怕有一

大群人要受到牽連，頭一個，就是令妃娘娘！皇后和令妃已經鬥得天翻地覆，拿著這個把柄還得了！』

福倫神色一凜，接口說：

『夫人，妳想的，正是我想的！』

『阿瑪的意思是……』爾康看著福倫。

福倫眼光銳利的看著爾康：

『不管怎樣，我們先把這個夏姑娘留在府裡，免得她在外面講來講去，鬧得人盡皆知！至於她是真格格這件事，只有我們幾個知道，一定要嚴守祕密！目前，什麼話都不能洩露……』

『那麼，我們就什麼都不做嗎？』爾康著急的問：『已經知道了真相，還讓那個假格格繼續風光嗎？我覺得，應該把真相稟告皇上！』

福倫一凜，急忙說道：

『事關重大，千萬不能操之過急！我們是令妃的娘家人，有個風吹草動，大家都會惹禍上身！』

『這麼說，紫薇的身份就永遠沒辦法澄清了！何至於皇上知道被騙，就要遷怒給令妃娘娘

呢？』爾康問。

『皇上不遷怒，總有人會遷怒！還是小心一點比較好！何況，我看那還珠格格長得如花似玉，一天到晚眉開眼笑，逗得皇上高高興興，如果真砍了頭，也有點於心不忍啊！』

福倫此話一出，爾泰就忙不迭的點頭。

『是啊！皇上每次看到還珠格格就笑，如果發現她是假的，說不定會老羞成怒呢！我看，咱們先不要說，我找一個機會，把五阿哥帶到家裡來，讓他見見紫薇，再跟他研究一下，好不好？』

福倫慎重的點了點頭。

『爾泰說的不錯，別忘了，皇上有錯也是沒錯！皇上喜歡的人，不是格格也貴為格格！我並不是要將錯就錯，把真相遮蓋下去，而是要摸清很多狀況，不求有功，但求無過！你們這些天，到宮裡多走動走動，先探探風聲。或者，私下裡，跟還珠格格談一談，問她認不認識夏紫薇，看她怎麼說？』

『是！』爾泰應著。

福倫嚴肅的掃了爾康一眼。

『家裡住著一個夏紫薇，這是福家的大祕密！她是福是禍，咱們目前都不知道，得騎驢看唱本，走著瞧！所以，我要求你們，把你們的嘴，都閉緊一點，知道嗎？』

爾康雖然覺得，這樣對紫薇有點過意不去，可是，他是聰明的，有思想和判斷力的，他知道，福倫所有的顧慮，都是真情。這件事，只要一個弄得不巧，就是全家的災難。伴君如伴虎，難啊！當下，也就心服口服的答應了福倫：

『是！我們見機行事，絕不輕舉妄動！』

但是，總得有一個人，把這個暫時『按兵不動』的結論告訴紫薇。爾康想著，嘆了一口長氣。

夜，寧靜而安詳。紫薇正坐在桌前，撫著琴，輕聲的唱著一首歌：

『山也迢迢，水也迢迢，
山水迢迢路遙遙。
盼過昨宵，又盼今朝，

盼來盼去魂也消！
夢也渺渺，人也渺渺，
天若有情天也老！
歌不成歌，調不成調，
風雨瀟瀟愁多少？』

紫薇的歌聲，綿綿邈邈，婉轉動聽。

有人敲門，金瑣把門一開，爾康正托著一個藥碗，站在門外。

『好美的琴，好美的歌！』爾康笑吟吟的看著紫薇，由衷的讚嘆著。

紫薇的臉一紅，慌忙讓進爾康。

『讓福公子見笑了！我看到牆上掛著這把琴，一時無聊，就彈來解解悶！』看到爾康手裡的藥碗，就有些失措起來：『你親自給我送藥來?這怎麼敢當?』

『如果不敢當，就趁熱喝了吧！』

金瑣急忙接過藥碗，幫紫薇吹冷。

『身上的傷，還疼不疼？』爾康凝視紫薇。

紫薇在這樣的溫存下，有些心慌意亂。

『好多了！謝謝！』

『不要謝！想到那天讓妳受傷，我懊惱得要死，妳還左一個謝，右一個謝！』爾康正視著紫薇，把話題一下子切入了主題：『我已經和柳青柳紅都談過了！也去過了妳們住的大雜院！』

紫薇震動著，凝神看著爾康。

『那麼，你的結論是什麼？』

『請先吃藥，我再說！』

紫薇心急，端起藥碗，咕嘟咕嘟的喝了。喝完，放下藥碗，睜著一對明亮的眼睛，詢問的看著爾康。

『妳已經說服了我，我相信妳的故事！正像妳說的，見過了柳青柳紅，就真相大白了！可是，現在的狀況非常複雜，妳已經沒有信物，只有一個故事，如果小燕子咬定她是真格格，妳反而是個冒牌貨！如果皇上不相信妳，妳就有殺身之禍！』

『如果皇上不能相信我，你爲什麼會相信我？』

『我的相信裡，還有一大部分是我的直覺！』爾康坦率的看紫薇：『妳的本人，就是最大的說服力量！』

紫薇微微一震，心裡很著急。

『你的意思是說，我的故事，以及人證物證都不見得有用！』

『對！柳青、柳紅和大雜院裡那些人，可能都是和妳串通好的！你們看到小燕子輕輕鬆鬆就當了格格，大家眼紅，就編出來這樣一個故事！』

在一邊的金瑣，聽到這兒，就氣極敗壞的喊了起來：

『豈有此理！福大少爺，你要爲我們小姐申冤呀！』

『金瑣別急，這只是我在舉例！但是，事實上可能性很大，皇上畢竟是皇上，我阿瑪有一句話說得最中肯，皇上就算「錯了」，也是「没錯」！他已經「先入爲主」，認定了小燕子，現在又跑出來一個夏紫薇，他一定想，他認了一個還珠格格，現在，阿貓阿狗都想當格格了！所以，我們不敢貿然讓妳出面，除非我有把握，能夠保護妳的安全，能夠讓皇上完全接受這個故事！』

紫薇聽得心都冷了，臉色灰敗。

『那麼，我是百口莫辯了？』

『那倒也不盡然！我和全家都研究過了，現在，只有請妳稍安勿躁，在我們府裡委屈一段時間，這段時間裡，我們會去宮裡，試著接觸小燕子。現在，關鍵還是在小燕子身上，解鈴還須繫鈴人！』

紫薇兩眼發直，腳一軟，乏力的倒進一張椅子裡。

『她已經當了格格了，這個鈴，她早就打了死結，現在還會去解鈴嗎？』

爾康深思，慢慢的說了一句：

『那也說不定！』

紫薇一怔，想著小燕子。俠義的小燕子，熱情的小燕子，愛抱不平的小燕子，心無城府的小燕子，和她結拜的小燕子……小燕子小燕子啊，她心裡苦澀的喊著，妳到底是怎麼回事呢？

小燕子在宮裡好難過。

祭天已經祭過了，風光也已經風光過了。她這兩天，眼皮跳，心跳，半夜作夢，都會喊著紫薇的名字醒過來。她要出宮去，她要去大雜院，她要找紫薇！她要對紫薇懺悔，把整個故事告訴她！想辦法把這個『格格』還給紫薇。

可是，她怎麼樣都沒想到，那重重宮門，進來不容易，出去更不容易！帶著小鄧子、小卓子，她也嘗試大大方方出門去。才走到宮門前面，就被侍衛攔住。小燕子一掀眉，一瞪眼。

『我是還珠格格呀！』

侍衛一齊彎身行禮，齊聲喊著：

『奴才參見還珠格格！』

小燕子一揮帕子。

『不要行禮，不要參見，只要讓開幾步，我要出去走走！』

『皇上有旨，要還珠格格留在宮裡，暫時不能出宮！』

小燕子一急：

『皇阿瑪說，「祭天」之後，就可以出宮了！你們讓開吧！』

侍衛必恭必敬的站立著，像一根根鐵杵，絲毫不動，大聲應道：

『奴才沒接到聖旨，不敢作主！』

小燕子還待爭辯，小鄧子和小卓子上前。

『格格就回去吧！奴才說了，格格還不信！上次容嬤嬤特別把咱們兩個叫進去，說要咱們好好侍候格格，不能讓格格出宮！』

小燕子出不了宮，生氣了。

『容嬤嬤是個什麼東西？』

小鄧子慌忙四看，賠笑的警告道：

『容嬤嬤可是皇后跟前的紅人，就是格格，也得聽她的！』

『笑話！我小燕子從來就沒聽過誰的！』

小燕子噘著嘴，氣呼呼的一甩袖子，回頭就走。小鄧子、小卓子慌忙跟隨。

小燕子走到另一道宮門前，又被侍衛擋住了。

『你們看清楚，我是還珠格格呀！』她氣沖沖的喊：『我不是你們的犯人啊！你們不認得我嗎？』

侍衛們全部彎下腰去，齊聲大喊，行禮如儀：

『格格吉祥！』

小燕子氣得一跺腳，差點把『花盆底』跺碎。

『你們不讓我出去，我還吉祥個鬼！我就「不吉祥」啦！』

當天夜裡，小燕子夢到紫薇。她騰雲駕霧般走向小燕子。眼中帶笑，嘴角含愁。

『小燕子，妳好不好？』她溫柔的問。

『我……好……不好……好……』小燕子掙扎的，礙口的答。

『妳偷了我的摺扇，妳偷了我的畫卷，妳偷了我的爹，妳很得意啊？』

『不是的……不是這樣的……妳聽我解釋……』

紫薇驀然間撲向小燕子，伸手去掐她的脖子，尖聲大叫：

『妳這個騙子！把我的爹還給我！還給我……我掐死妳！』

小燕子大駭，張口狂叫：

『紫薇！妳聽我解釋……紫薇……不要這樣，我們是姐妹呀……救命呀……』

小燕子一驚而醒。明月、彩霞睡在炕下，都被她的尖叫驚醒過來。

明月、彩霞跳起身子，雙雙扶住她，不斷拍著，喊著：

『格格！没事没事！妳又作夢了！』

小燕子怔忡的眨著眼睛，四面觀望。

『我在那裡？』她迷迷糊糊的問。

『回格格，當然在宮裡了！』

『宮裡……我好想大雜院啊！』她出神的說。

明月、彩霞不知道她在說什麼，不敢接口。

小燕子推開明月彩霞，赤腳跳下床來。

明月、彩霞慌忙給她披衣服，穿鞋子。

『不用！不用！不要管我！』小燕子推開她們兩個，在房間裡走來走去，看來看去。『現在幾更了？』

『回格格，剛打過二更！』

小燕子轉動眼珠，滿房間東張西望。忽然拍了拍手，喊：

『小卓子！小鄧子！快來！快來！』

小卓子和小鄧子一面應著『喳』，一面屁滾尿流般彎腰衝進房，兀自睡意朦朧。

『奴才在！』

『你們以後，在我面前，不要自稱「奴才」！』

『喳！奴才知道了！』小鄧子大聲答道。

『奴才遵命！』小卓子喊得更響。

明月掩口一笑。

小燕子瞪了明月一眼，没好氣的問：

『笑什麼笑？』

明月『噗通』一跪。

『奴婢該死！』

小燕子大為生氣，拚命跺腳。

『什麼奴婢該死？為什麼該死？以後，都不可以説「奴才該死！奴婢該死！」誰都不是「奴才奴婢」，聽到没有？』

四人便異口同聲的回答：

『奴才/奴婢聽到了！』

小燕子無可奈何，嘆了一口大氣。放棄這個題目了。

『小卓子、小鄧子！你們把那個帳子上的銅鉤給我拆下來！』

『帳子上的銅鉤？』

『對對對！兩個不夠，再給我多找幾個來！還有，把你們的衣裳給我一件，再去給我找一些繩子來！粗的細的都要，越牢越好！』

『現在就要嗎？』

『現在就要！快去！快去！』

小鄧子和小卓子急忙大聲應道：

『喳！』

快四更的時候，小燕子穿著一身太監的衣服，用一條灰色的帕子蒙住臉，只露出一對亮晶晶的眼睛。輕輕悄悄的來到西邊的宮牆下，這兒是宮裡最荒涼的地方。

她蟄伏著，隱藏在黑暗的角落，四面張望。

幾個侍衛，巡視之後，走了開去。

小燕子又等了一會兒，見四下無人，便站起身子，走到牆邊，仰頭看著宮牆。

她試著跳了幾跳，根本上不了牆。心裡不禁嘀咕：

『每天吃啊吃！吃得這麼胖，弄得我輕功都不靈了！牆又那麼高！幸好我有準備！』

她就從懷裡，掏出一條用帳鉤做的工具來。她甩著帳鉤，對著牆頭拋了好幾下，鉤子終於抓住了牆頭。

她立刻順著繩子，往上攀爬。她爬了一半，忽然看到一隊燈籠快速移近。

『不好！侍衛來了！快爬！』她心裡叫著，慌忙手腳並用，往上攀爬。誰知帳鉤綁的『飛爪』不牢，『卡答』一聲，有個鉤子鬆開了。

侍衛們立刻站住，四面巡視，大聲問：

『什麼聲音？有刺客！』

『什麼人？出來！』

燈籠四面八方照，小燕子大驚。

侍衛們尚未發現吊在半空的小燕子，誰知，那帳鉤一陣『卡答卡答』，全部鬆掉，小燕子便從空中直落下來，正好掉在侍衛的腳下。

『刺客！刺客！』侍衛們鬨然大叫。

剎那間，十幾支長劍『唰』的出鞘，全部指著小燕子。

小燕子魂飛魄散，大叫道：

『各位好漢，手下留情！』

『是個女人？』

一個侍衛用劍『呼』的挑開了小燕子臉上的帕子。

侍衛們的長劍頓時『哐啷哐啷』全部落地。大家驚喊出聲：

『還珠格格！』

7

天亮沒多久，乾隆就被侍衛和小燕子驚動了。

乾隆帶著睡意，揉著眼睛，無法置信的看著那穿著太監衣服的小燕子。衣服太大，完全不合身，太長的袖子，在袖口打個結，袖子裡面鼓鼓的。太寬的衣服，只得用腰帶在腰上重重紮緊，紮得亂七八糟，拖泥帶水。臉上東一塊髒，西一塊髒，狼狽萬分。那兒像個格格，簡直像個小乞丐。卻挺立在那兒，一副天不怕地不怕的樣子。乾隆驚愕得一塌糊塗。

『什麼事，一清早就把朕吵醒？妳怎麼又變成女刺客了？妳簡直樂此不疲啊！這是一身什麼打扮？妳到底是怎麼回事？』拿起侍衛交上來的那些帳鉤繩子，看得一頭霧水。『這一堆又是什

麼東西？』

小燕子嘟著嘴，氣呼呼的答道：

『這是「飛爪百練索」！』

『啊？「飛爪百練索」？這還有名字呀？』乾隆更加驚異。

『當然不是正式的啦！我臨時做的嘛！小卓子小鄧子氣死我了，跟他們說那些繩子不夠牢，太細了，他們就是找不到粗的！害我摔下來……』

站在一邊的令妃，忍不住插嘴問：

『妳從那裡摔下來？』

『牆上啊！摔得渾身都痛！還差點給那些侍衛殺了！』

乾隆一臉的不可思議。

『妳半夜三更去翻牆？還帶了工具去？妳要做什麼？』

小燕子委屈起來。

『我跟皇阿瑪說過了，我要到宮外去走走！可是，大家都看著我，每一道門都守了一大堆的侍衛，我就是出不去！這皇宮是很好玩，可是，我想我的朋友了，我想紫薇，柳青，柳紅，小豆

子……我真的不能忍耐了！』

乾隆瞪著小燕子，有些生氣了：

『胡鬧！太胡鬧了！妳現在已經封了「格格」，不是江湖上的小混混呀！妳娘怎麼教妳的？妳打那兒學來這些下三濫的玩意？』看鉤子繩子：『哼！飛爪百練索！』

令妃見乾隆生氣，急得不得了，對小燕子拚命使眼色。奈何小燕子也越來越生氣，越來越委屈，根本不去注意令妃的眼光。

『朕記得妳娘，是個溫柔得像水一樣的女子，怎會教妳一些江湖門道？妳這些三腳貓的武功，是那個師父教的？』乾隆的聲音，嚴厲起來。

小燕子聽乾隆又問到『娘』，難免有些心虛，想想，卻代紫薇生起氣來。沒有進宮，還不知道乾隆有多少個『老婆』，進了宮，才知道三宮六院是什麼！小燕子背脊一挺，完全不知天高地厚，竟然對乾隆一陣搶白：

『你不要提我娘了，你幾時記得我娘？她像水還是像火，你早忘得乾乾淨淨了！你宮裡有這個妃，那個妃，這個嬪，那個嬪，這個貴人，那個貴人……我娘算什麼？如果你心裡有她，你會一走就這麼多年，把她冰在大明湖，讓她守活寡一直守到死嗎？』

乾隆這一生，什麼時候受過這樣的頂撞，頓時臉色發青，一拍桌子，大怒道：

『放肆！』

乾隆這一拍桌子，房裡侍立的臘梅冬雪和太監，全部『噗通噗通』跪落於地。只有小燕子仍然挺立。

令妃急忙奔過來，推著她說：

『快給妳皇阿瑪跪下！說妳錯了！』

小燕子腦袋一昂，豁出去了。

『錯什麼錯？反正誰生氣都要砍我的腦袋！自從我進宮以來，我就知道我的腦袋瓜子在脖子上搖搖晃晃，遲早會掉下來！』說著，一個激動，就大聲的衝口而出：『皇阿瑪！我跟你說實話吧！我根本不是「格格」，你就放了我吧！』

此話一出，人人震驚。令妃嚇得花容失色，心驚膽戰，脫口就喊：

『格格！妳怎麼可以說這種話？跟妳皇阿瑪鬥氣要有個分寸，畢竟不在民間，妳的「阿瑪」是皇上啊！』

誰知，小燕子答得飛快，想也不想的說：

『我的阿瑪不是皇上，我的阿瑪根本不知道是誰？』

乾隆瞪著小燕子，見小燕子一臉的倔强，滿眼的怒氣，一股『絕不妥協』的模樣，那份傲氣和勇敢，竟是自己諸多兒女中，一個也不曾有的。想想，這孩子的指責，卻有她的道理啊！他瞪著瞪著，不禁內疚起來。他嘆口氣，再開口時，聲音竟無比的柔和：

『小燕子，朕知道是朕對不起妳娘，其實，朕在幾年後，又去過濟南，想去接妳娘的！但是，那次碰上孝賢皇后去世，什麼心情都沒有了！那種風月之事，也不能辦了！朕知道妳心裡，一直憋著這口氣，今天說了出來，就算脾氣發過了！「不是格格」這種嘔氣的話，以後不許再說！朕都明白了，妳娘……她怪了朕一輩子，恨了朕一輩子吧！』

小燕子目瞪口呆，無言以答了。睜大眼睛，楞楞的看著乾隆。

乾隆誤會這樣的眼光，是一種『默認』，心中立即充滿了柔軟，酸楚，和難過。

『老實告訴妳吧，朕的衆多兒女中，沒有一個像妳這樣大膽，敢公然頂撞朕！今天看在妳娘面子上，朕不跟妳計較了！』便柔聲的喊：『妳過來！』

小燕子沒有上前，反而本能的一退。

『真的跟阿瑪嘔氣嗎？』乾隆的聲音更加溫柔了，幾乎帶著歉意。

令妃見乾隆竟如此賠小心，簡直見所未見，就把小燕子拉上前去，笑著打哈哈：

『皇上，您瞧格格這張臉，跟小花貓似的！鬧了一夜，又翻牆，又摔跤，還差點被侍衛殺了……在這兒等您起床，又等了好半天，難怪脾氣壞，嚇著了，又太累了嘛！』

乾隆伸手，托起了小燕子的下巴，仔細的凝視她，深深一嘆。

『妳這個壞脾氣，簡直跟朕年輕的時候，一模一樣！』

小燕子睜大了眼睛，注視乾隆，本來以爲，被乾隆逮到，一定會受到重罰，沒料到乾隆居然這麼溫柔！她忽然熱情奔放，張開嘴，『哇』的一聲哭了。

『怎麼了？怎麼了？』乾隆大驚。

小燕子一伸手，攥住乾隆的衣服，這一下，真情流露，嗚嗚咽咽的說道：

『我從來不知道，有爹的感覺這麼好！皇阿瑪，我好害怕，你這樣待我，我真的會捨不得離開你呀！』

乾隆的心，被小燕子這種奔放的熱情，感動得熱烘烘的，前所未有的一種天倫之愛，竟把他緊緊的攫住了。

乾隆就把小燕子溫柔的擁在懷中，眼眶濕潤的說：

『傻孩子，從今以後，妳是朕心愛的還珠格格，朕也捨不得讓妳離開呀！』

小燕子聽了這樣的話，又喜又憂又感動，簡直不知道該怎麼辦了。

片刻，乾隆拍了拍小燕子的頭，說：

『以後想到宮外去，就大大方方的去！不要再翻牆了！咱們滿人生性豪放，女子和男人一樣可以騎馬射箭！妳想出宮，也不難！只是，換個男裝，帶著妳的小卓子小鄧子一起去！不能招搖，還要顧慮安全！』

小燕子一聽，大喜，推開乾隆，一跪落地，『碰碰碰』磕了好幾個響頭。

『謝謝皇阿瑪！謝謝皇阿瑪！』

『不過，有個條件！』乾隆笑了。

『什麼條件？』

『過兩天，去書房跟阿哥們一起唸書！我已經告訴紀曉嵐，要他特別教教妳！紀師傅學問好得很，妳好好的學！妳娘沒教妳詩詞歌賦，咱們把它補起來！紀師傅說妳學得不錯，妳才可以出宮！』

小燕子臉色一僵，心又落進谷底去了。

『啊?還要唸書啊!』她心裡叫苦不迭。當個格格,怎麼這樣麻煩!

小燕子走出乾隆的寢宮,仍然穿著她那身太監的衣服,嘴裡唸唸有辭,一路往漱芳齋走。

『唸好了書,才許我出宮,根本就是唬弄我嘛!小時候在尼姑庵,師傅教我唸個三字經,已經要了我的命,現在再唸,搞不好弄個一年兩年,都唸不好,那豈不是一年兩年都出不去了?這要怎麼辦才好……』

迎面,爾泰和永琪走了過來。

永琪看到來了一個小太監,就招手道:

『你給我們沏一壺茶來,放在那邊亭子裡!我和福二爺要談一談!』

小燕子見是他們兩個,心中一樂,什麼都忘掉了,就想跟他們開個玩笑。用手遮著臉,學著小太監,一甩袖子,哈腰行禮。

『喳!』

小燕子這一甩袖子,甩得太用力了,袖口的結都散開了,幾個藏在袖子裡,準備帶給紫薇的銀錠子,就骨碌骨碌的從袖子裡滾了出來,滾了一地。另一個袖子裡的一串珍珠和金項鍊,也唏

哩嘩啦落地。小燕子急忙趴在地上撿珍珠項鍊和銀錠子。

永琪大驚，喊道：

『呔！你是那一個屋裡的小賊！身上藏著這麼多的銀子和珠寶，一大清早要上那裡去？』

永琪說著，就飛竄上前，伸手去抓小燕子的衣領。

小燕子回手，就一掌對永琪劈了過去。

永琪更驚，立刻招架，反手也對她打去。

小燕子靈活的翻身飛躍出去，永琪也靈活的躍出，緊追不捨。

爾泰一看，不得了，宮裡居然有內賊，還敢和五阿哥動手！就騰身而起，幾個飛竄，穩穩的攔在小燕子面前。

『小賊！看你還往那裡跑？』

小燕子抬頭，和爾泰打了一個照面，眼光一接，爾泰嚇了一跳。怎麼是小燕子？爾泰還沒反應過來，小燕子乘他閃神之際，一腳飛踢他的面門。

爾泰急忙應變，伸手去抓她的腳。

她剛剛閃過爾泰，永琪已迎面打來。她想閃開永琪，奈何永琪功夫太好了，避之不及，就被

永琪拎著衣服，整個提了起來。她還來不及出聲，永琪舉起她，就想往石頭上面摜去。

這一下，小燕子嚇得魂飛魄散，爾泰已經大喊出聲：

『五阿哥！千萬不可！那是還珠格格啊！』

小燕子也在空中掙扎著，揮舞著手，大喊大叫：

『五阿哥！我認輸了！不打了！不打了！』

永琪大驚失色，急忙鬆手。

小燕子翻身落地，站穩了，對永琪嫣然一笑，一揖到地。

『五阿哥好身手！上次被你射了一箭，我心裡一直不大服氣，因爲我當時東藏西躲的，完全没有防備！所以，剛剛就想跟你鬥鬥看！没想到，差點又被你砸死，現在服氣了，以後不敢惹你了！』

永琪目瞪口呆，瞪著小燕子，驚愕得連話都說不出來了。

這樣一鬧，就驚動了侍衛，大家奔來，七嘴八舌的喊：

『怎麼？出了什麼事？又有刺客嗎？』

爾泰大笑，對侍衛們揮手。

『去去去！沒事了！是還珠格格跟咱們鬧著玩！』

侍衛們驚奇著，一面行禮，一面議論紛紛的散了。

永琪目不轉睛的看著小燕子。

『妳到底要給我多少意外，多少驚奇呢？這樣的「格格」，是我一生都沒有見過的！』他上上下下的打量小燕子：『妳爲什麼穿成這樣？帶著那些銀子和珠寶要幹什麼？』

爾泰心中藏著『真假格格』的祕密，更是深深的注視著小燕子，問：

『侍衛說，妳昨天晚上，又鬧了一次「刺客」的把戲，真的嗎？』

小燕子看著兩人，心中一動。壓低了聲音說：

『你們幫我好不好？我有事要求你們！』

『什麼事？』

『我們到漱芳齋去談！』

永琪和爾泰交換了一個視線，一語不發，就跟著小燕子到了漱芳齋。

小鄧子、小卓子、明月、彩霞慌忙迎過來，四個人都是哈欠連天，不曾睡覺的樣子。見到永琪和爾泰，連忙行禮下跪喊『吉祥』，小燕子對這一套好厭煩，揮手對四人說：

『你們四個，通通去睡覺！』

四人異口同聲的回答：

『奴才不敢睡！』

小燕子聽了就生氣，大叫：

『掌嘴！』

四人就立刻左右開弓，對自己臉上打去。小燕子大驚，怎麼真打？又急喊：

『不許掌嘴！』

四人這才住手。

小燕子瞪著四個人，嚴重的說：

『跟你們說過多少次了，這「奴才不敢，奴婢不敢，奴才該死，奴婢該死」在我這個漱芳齋，全是忌諱，不許說的！以後誰再說，就從月俸裡扣錢！說一句，扣一錢銀子，說多了，你們就白幹活了，什麼錢都拿不到！』

四人傻眼了。小鄧子就一哈腰說：

『奴才遵命！』

『記下！記下！小鄧子第一個犯規，小卓子，你幫我記下！』

小卓子立即回答：

『喳！奴……』想了起來，趕快轉口說：『小的遵命！』

小燕子搖頭，沒轍了，揮手說：

『都下去吧！我沒叫，就別進來！』

『喳！』四個人全部退下了。

永琪和爾泰看得一楞一楞的。永琪不解的問：

『為什麼他們不能說「奴才」？』

小燕子不以爲然的對永琪瞪大眼睛，嚷著說：

『你當「主子」已經當慣了，以爲「奴才」生來就是奴才，你不知道，他們也是爹娘生的，爹娘養的，也是爹娘捧在掌心裡長大的，只因爲家裡窮，沒辦法，才被送來侍候人，夠可憐了！還要讓他們嘴裡，不停的說「奴才這個，奴才那個」，簡直太欺負人了！我不是生來的格格，我不要這些規矩！他們說一句「奴才」，我就難過一次，我才不要讓自己一天到晚，活在難過裡！』

永琪和爾泰，都聽得出神了。兩人都盯著小燕子看，永琪震驚於小燕子的『平等』論，不能不對小燕子另眼相看。這種論調，是他這個『阿哥』從來沒有聽過的，覺得新鮮極了，小燕子說得那麼『感性』，那麼『人性』，使他心裡有種嶄新的感動。爾泰知道她不是真格格，對她的『冒充』行爲，幾乎已經『定罪』。這時，看到的竟是一個熱情、天真，連『奴才』都會愛護的格格，就覺得深深的迷惑了。

『妳說得有理！我們這種身份，讓我們生來就有優越感，以至於從來沒有考慮過別人的感覺，確實，這對他們，是一種傷害吧！』永琪說。

小燕子的正義感發作了，越說越氣：

『尤其是太監們，先傷害他們的身體，再傷害他們的……他們的……』想不出來應該怎麼措辭。

爾泰接口：

『再傷害他們的「尊嚴」？』

『對！就是「尊嚴」什麼的！反正，把他們都弄糊塗了，連自己是個和我們一樣的人，都不明白了！怎麼跟他們說，他們都搞不清楚！』小燕子嘆口氣，臉色一正，看著二人：『言歸正

傳，你們要不要幫我？』

『幫妳做什麼？』爾泰問。

小燕子才誠誠懇懇的看著永琪和爾泰，哀求的說：

『帶我出宮去！我化裝成你們的跟班也好，小廝也好，小太監也好……你們把我帶出去，因爲皇阿瑪不許我出去！』

永琪一楞，面有難色，看爾泰：

『這個……好像不大好……』

爾泰盯著小燕子：

『妳要出去幹什麼呢？如果妳缺什麼，告訴我，我幫妳去辦！要做什麼，我也可以幫妳去做！要送個信什麼的，我幫妳去送！』

小燕子心裡急得不得了，滿屋子兜著圈子，跺腳說：

『你們不懂，我一定要出去呀！我有一個結拜姐妹，名叫紫薇，我想她嘛！不知道她好不好？我急都急死了，我要去見她呀！我要給她送銀子首飾去，還有一大堆的話要告訴她呀！』

爾泰大大一震。紫薇！結拜姐妹！原來，她的心裡，還是有這個夏紫薇的！

當天，爾泰就把小燕子的話，原封不動的告訴了紫薇和爾康。

『她說她想我？有一大堆話要告訴我？』紫薇震動的喊。

『是！而且爲了要出宮，昨天夜裡去翻園牆，差點又被當成刺客殺掉了！連皇上都給驚動了！』

『你有沒有告訴他，夏姑娘在我們家呢？』爾康急急問爾泰。

『我當然沒說，沒跟你們商量好，我怎麼敢洩露天機呢？不過，隨我怎麼看，隨我怎麼研究，我都沒辦法相信，還珠格格是個騙子，是個很有心機的人！她看來天真得不得了！』

金瑣忍不住插口了：

『兩位少爺不知道，她騙人的功夫老到家了，當初我們也著了她的道兒，她在北京好多地方，都設過騙局，反正騙死人不償命！』

『金瑣！妳別插嘴！』紫薇回頭叱責著。

金瑣不說話了。爾康凝視紫薇，沈思著問：

『妳要不要見她一面呢？』

『見得到嗎？怎麼見呢？』紫薇屏息的問。

『有兩個辦法。一個是，妳混進宮去！一個是，她混出宮來！』

『可能嗎？』紫薇眼睛一亮。

『只要安排得好，當然可能！額娘隨時可以進宮，我們把妳扮成丫頭，跟額娘一起進宮，到了宮裡，必須靠五阿哥裡應外合……』爾康轉眼看爾泰：『恐怕我們瞞不了五阿哥！你得把這件事告訴他！』

『這辦法好像有點冒險！宮裡的人太多了，眼線太多了！還珠格格出了不少的事，現在宮裡對她都很注意……尤其皇后，等著要抓她的小辮子！我和五阿哥，今天在她那兒坐了坐，我們都怕會被人一狀告到皇后面前，說她行爲不檢呢！』

『那……我們用第二個辦法！照她所要求的，把她打扮成小太監，帶出宮來吧！這也需要五阿哥幫忙才行！帶出來之後，還得送回去！』爾康積極的說。

『我們信得過五阿哥，他一定不會洩露機密的！』

『夏姑娘……』爾康再度凝視紫薇。

『能不能請你們不要叫我「夏姑娘」，如果不見外，就叫我紫薇吧！』

『行！那麼，妳也不要公子少爺的喊，叫我爾康，叫他爾泰吧！』

『好！』紫薇注視爾康：『你剛剛要說什麼？』

『妳要心裡有個譜！不管小燕子是怎麼做到的，她確實做到了！她已經讓皇上心服口服，認了她，還非常寵愛她！昨夜她在皇宮裡翻牆，皇上都不肯追究，妳就知道她的能耐了！可是，如果皇上發現她是「假格格」，以皇家律例，她是死罪一條！妳，真想置她於死地嗎？』

紫薇心裡一酸，尋思片刻，坦白而真誠的說：

『小燕子和我是結拜過的，她是我的姐姐！在結拜的時候，我就誠心誠意的向皇天后土稟告過，將來無論我們兩個的遭遇如何，我一定對她「不離不棄」！現在，她頂替了我的地位，當了格格，我雖然懊惱生氣，可是，她還是我的姐姐！如果，爲了要證明我自己的身份，而把她置於死地，我是絕對絕對不願意的！我現在想見她一面，主要是想弄清楚，到底這是怎麼一回事？這個疙瘩卡在我心裡，我是坐立不安，只要她給我一個解釋，讓我瞭解真相，我就回濟南去，當一輩子的夏紫薇！』

這一篇話，使爾康深深的感動了，他一瞬也不瞬的看著紫薇，一嘆：

『那……妳也不必回濟南，人生的際遇，有時是很奇怪的，老天或者有祂的安排，也說不

定！』

紫薇一怔，凝視爾康，爾康的炯炯雙眸，也正灼灼然的看著她。兩人目光相接，都有著深深的震動。

『那麼，讓我和阿瑪再研究一下，和爾泰再部署一下，妳相信我，我一定盡快安排妳和小燕子見面！』爾康說。

紫薇感激不已，期待得心跳都加速了。

『我先謝謝你了！』

於是，這天下午，永琪和爾泰結伴來到漱芳齋。兩人的神色都非常嚴重，一進門，永琪就把自己貼身的太監小順子、小桂子都安排在院子外面。又極其慎重的叫來小鄧子、小卓子、明月、彩霞，讓他們全體分站在門外把風。兩人這才走進大廳，把窗窗門門一一關好。小燕子困惑的看著他們，等到爾泰一說出紫薇的下落，她才驚叫起來，激動無比的喊：

『你說，紫薇住在你家裡？我所有的故事你都知道了？你唬我吧？真的還是假的？』她轉頭看永琪：『五阿哥！你也知道了？』

永琪急忙制止她：

『噓！妳聲音小一點！這是何等大事，妳還在這兒嚷嚷！妳真的不要命了嗎？是的，我也知道了！爾泰把什麼都告訴我了，現在這兒沒有外人，我和爾泰要妳一句真話，妳坦白告訴我，妳到底是不是格格？』

小燕子狐疑的看永琪和爾泰，不敢說話。

『妳可以完全信任我們，如果我要跟妳作對，我就不會來問妳了！直接把紫薇送到皇上面前去就好了！』爾泰著急的說。

小燕子聽到紫薇的名字，一顆心就全懸在紫薇身上了。急切的問：

『紫薇好嗎？她罵我嗎？恨我嗎？』

『她怎麼會好？那天在街上看著妳遊行，她追在後面喊，被侍衛打得半死，幸好我哥把她救進府裡。進了府到現在，每天都精神恍惚，眼淚汪汪的！』爾泰說。

小燕子眼圈一紅，咬著嘴唇，忍住眼淚。

『那……她一定恨死我了！』

『她說，只想見妳一面，聽妳親自告訴她，爲什麼會變成現在這樣？她還說，就算妳騙了

她，妳還是她結拜的姐姐！』

小燕子這一下把持不住了，頓時間，眼淚唏哩嘩啦的滾滾而下。

『我不是存心的！我不是存心的……』她哭著說。

永琪不相信的瞪著她：

『難道她的故事是真的？妳不是格格，她才是？』

小燕子淚眼汪汪，拚命點頭。

永琪、爾泰都睜大了眼睛。

『我真的不是故意的！』小燕子急急解釋：『當時我被一箭射傷，病得昏昏沉沉，皇阿瑪看了我身上的東西，不知怎麼就認定我是格格了。等我醒來，皇阿瑪對我好溫柔，問這個，問那個，我就有些迷迷糊糊起來……然後，一屋子的人過來跟我跪下，大喊「格格千歲千千歲！」我就昏了頭了！』

永琪腳下一個踉蹌，臉色蒼白。

『天啊！妳怎麼能昏頭呢？這是要誅九族的欺君大罪啊！』

『我没有九族，我只有一個人，一個腦袋……』

永琪跺腳。

『這個腦袋已經快保不住了！』便心慌意亂的看爾泰：『你說要怎麼辦？這事是絕對不能說穿的！』

永琪臉色那麼蒼白，爾泰的臉色就也蒼白起來。

『或者，我們可以說服紫薇，讓她放棄身份，將錯就錯，回濟南去……』

『她會肯嗎？她不是路遠迢迢到京裡來，就爲了找皇阿瑪嗎？』永琪瞪著小燕子。『這樣吧！我們掩護妳溜出宮去，出了宮，就不要回來了！我給妳安排幾個高手，保護著妳，妳連夜逃走吧！』

『你別糊塗了！』爾泰著急的說：『這是什麼爛主意？那怎麼成！宮裡丟了一個格格，多少人要倒楣！你和我，也脫不了干係！』

小燕子見永琪和爾泰神色緊張倉皇，這才知道事態嚴重。

『難道……皇阿瑪真的會砍我的頭？』她不由自主的放低了聲音，不相信的問。

爾泰和永琪不約而同的，嚴重的點頭。

『皇阿瑪對我這麼好，他怎麼捨得殺我？』她還是不信。

『他對妳好，是因爲他相信了妳的故事，以爲妳是他的骨肉！如果他知道妳騙了他，他氣妳恨妳都來不及，還會原諒妳嗎？』永琪說：『妳對於我們王室的事，瞭解得也太少了！』

小燕子這才急了。

『那……我們還等什麼？我這就去換衣裳，你們帶著我，馬上逃走吧！』小燕子說著，就往寢室裡衝去。

爾泰急忙拉住她。

『妳不要說是風，就是雨，爾泰說得對，這樣做不行的，何況什麼都沒安排……』永琪話說到一半，外面，忽然傳來小順子、小桂子、小卓子、小鄧子……他們緊張而大聲的通報，一進一進的喊進來。

『皇后娘娘駕到……皇后娘娘駕到……』

永琪、爾泰、小燕子全都倏然變色。

8

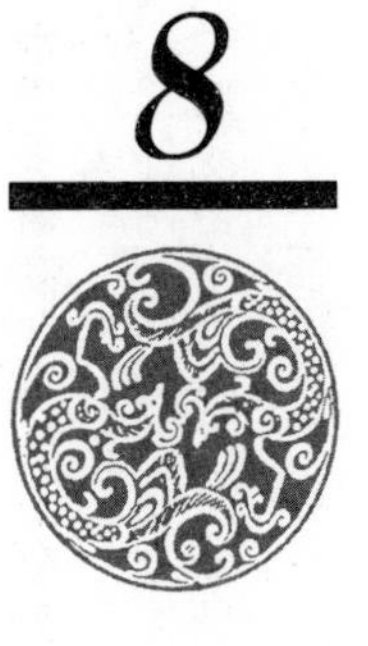

皇后昂首闊步，帶著容嬤嬤疾行而來。一走進漱芳齋的院子，就覺得氣氛詭異。小順子、小桂子、小鄧子、小卓子、明月、彩霞全都在房間外面，伸頭探腦。一看到她們兩個，喊得比什麼都大聲。皇后心裡疑惑，腳下不停，才邁進大廳，就看到永琪跟爾泰，帶著小燕子匆匆的迎了出來。紛紛請安：

『兒臣恭請皇額娘金安！』

『小燕子恭請皇后娘娘金安！』

『臣福爾泰叩見皇后娘娘！』

皇后看了三人一眼，眉頭一皺，心中又是納悶，又是懷疑。

『原來五阿哥和爾泰在這兒！』眼光掃視三人，語氣尖銳：『你們三個，有什麼祕密嗎？爲什麼把奴才們都安排在門外？我是不是來得不大湊巧？』

永琪慌忙機警的答道：

『皇額娘多心了！今天書房下課比較早，就和爾泰到格格這兒坐坐，聊聊家常。格格對宮中規矩，至今不太習慣，不喜歡奴才們在面前侍候！』

皇后哼了一聲，看向小燕子。

『這樣嗎？我看，我得想個法兒，讓妳對這宮中規矩，儘快的熟悉起來！』

皇后說著，就昂首向廳裡走去。容嬤嬤等一行人緊隨。

永琪見小燕子掀眉瞪眼，用手在脖子上一比劃，表示『小心腦袋』。

皇后驀然一回頭，這個動作，就看得清清楚楚。皇后心中有氣，先藏住自己的種種懷疑，瞪著小燕子，嚴厲的問道：

『聽說格格前晚又大鬧皇宮了？還帶著武器，想翻牆出去，是嗎？』

小燕子一怔，嘟著嘴說：

『怎麼一點點小事，也會弄得人人都知道呢？皇阿瑪已經教訓過了！以後不敢了就是嘛！』

皇后見小燕子既不認錯，也不害怕，說得還挺大聲，氣不打一處來。

『妳這是什麼態度？一個「格格」，半夜去翻牆，還叫作「一點點小事」，那麼對妳而言，什麼才是大事？』

小燕子對這個皇后，早就有氣，立刻衝口而出的說：

『「砍頭」就是大事啊！聽說皇后娘娘很想砍我的頭啊！』

皇后變色，勃然大怒，一拍桌子，怒聲喊：

『妳聽誰說，我要砍妳的頭？是誰在我後面造這種謠言？妳說！妳說！』

一屋子的人全嚇傻了，大氣都不敢出。

爾泰和永琪交換視線，急死了。

『没有人告訴我，是我自己「聽說」的！』

『妳「聽誰說」？馬上招出來！』皇后大聲命令。

『我不要說！說了妳也不相信！就是聽妳說的！』

皇后怒極，簡直無法控制了。厲聲大喊：

『給我跪下！』

小燕子一怔，還來不及表示反抗，容嬤嬤上前，對她膝彎處很有經驗的一踢，她一個站不住，就跪下了。

『掌嘴！』皇后再叫。

小燕子又驚又怒，就大喊出聲：

『皇后！妳別弄錯了，我不是妳的奴才，妳要打要罵，都隨妳的便！我是皇阿瑪封的格格，妳要打狗，也要看主人是誰！』

皇后氣得快發瘋了，瞪大了眼，不敢相信的說：

『妳居然搬出皇上，來壓制我！妳這個不知天高地厚的野丫頭！我今天就代皇上教訓妳！』便抬頭喊：『容嬤嬤！』

『奴婢在！』容嬤嬤答得響亮。

『掌她的嘴！看她說不說！』

容嬤嬤就一步上前，對著小燕子，一耳光抽去。

爾泰和永琪雙雙大驚。永琪大叫：

『皇額娘，使不得！』

小燕子實在没有防備到容嬤嬤説打就打，在毫無準備下，猛的挨了容嬤嬤一耳光，立刻氣得暴跳如雷。對容嬤嬤大喊了一聲：

『妳是那一棵蔥，居然敢打我？』

一面喊著，一面就握緊拳頭，砰的一拳對容嬤嬤打去。容嬤嬤猝不及防，『咕咚』一聲，栽倒在地上，抱著肚子直叫『哎喲』。小燕子乘此機會，一躍而起，向後飛竄了好幾步，竟飛身而起，爬在一根柱子上，對容嬤嬤喊：

『有種！妳就上來抓我！妳來呀！來呀！』

滿屋子的人，個個又驚愕又意外，全部張大了眼睛，仰頭看著小燕子。

皇后這一下，氣得快要昏倒了，回頭大聲喊：

『來人呀！去叫大內侍衛，通通過來！宮裡要清理門户！』

太監們一疊連聲的回答：

『喳！奴才遵命！』

永琪和爾泰，見鬧得這樣不可開交，迅速的交換了一個視線。爾泰對永琪點點頭，做了一個

手勢，兩人之間，默契十足。爾泰留下幫小燕子，永琪溜到門邊，一溜煙的去找乾隆了。

當乾隆帶著令妃，氣極敗壞的趕來時，只見皇后怒沖沖的站在室內，小燕子依然緊抱著柱子，高踞在柱子頂端，已經漲得臉紅脖子粗，快要抱不住了。而一群大內高手，都在柱子下環伺，顯然已經和小燕子僵持了一段時間。

一屋子的人，驚見乾隆趕到，全都匍匐於地，高聲大喊：

『皇上吉祥！』

小燕子看見乾隆到了，如見救星，在柱子上面叫：

『皇阿瑪！我沒辦法給您行大禮了，也沒辦法給您請安了……您快救救我，這兒有一大群人要殺我！』

乾隆見到這個局面，簡直驚得目瞪口呆。生氣的喊：

『這……成何體統？』抬頭對小燕子喊：『妳快下來！』

『你保證我不會丟腦袋，我才要下來！』

『丟什麼腦袋？誰要妳的腦袋了？朕保證沒有人敢傷妳……』

『還要保證我不受罰……』小燕子居然和乾隆講起價來。

皇后氣得發昏，一步上前，對乾隆說：

『皇上！您不能再縱容這個小燕子了，她禮貌沒禮貌，規矩沒規矩，水準沒水準，教養學問更是談不上！連我的教訓，她都公然頂撞，說話不三不四，還製造謠言，我讓容嬤嬤教訓她一下，她居然出手打人……』

皇后的話還沒說完，小燕子已經支持不住，大叫：

『皇阿瑪！我快掛不住了……』

乾隆仰頭，看著搖搖欲墜的小燕子，擔心得不得了。

『掛不住，還不快下來！』回頭急喊：『爾泰，永琪，你們兩個上去，把她給弄下來，可別讓她摔了！』

永琪和爾泰，便高聲答應：

『喳！』

兩人雙雙飛身上去，一人抓著小燕子的一隻胳臂，三人像一隻大鵬鳥一般的飛了下來，準確的落到乾隆面前。

小燕子一下地，立刻跪在乾隆腳下，委屈的喊：

『皇阿瑪，我在民間十八年，日子雖然過得苦，可從來沒有人打過我一下；今天進了宮，破題兒頭一遭，被人甩了一個耳刮子！這個「格格」當得好辛苦，宮裡一大堆人不服氣，恨不得把我五馬分屍！說我來歷不明，名不正，言不順！皇阿瑪，如果你真要保護我，讓我回到民間去算了！』

乾隆生氣，怒掃了皇后一眼，問：

『是誰甩了她一個耳刮子？』

容嬤嬤『碰咚』一跪。

『回萬歲爺，是奴才！』

乾隆瞪著容嬤嬤，氣沖沖的說：

『容嬤嬤！妳是皇后面前的老嬤嬤，皇后任性的時候，心情不好的時候，妳都得勸著一點，怎麼不勸？朕就知道，平時推波助瀾，唯恐天下不亂的人，就是妳們！』

容嬤嬤一驚，立刻左右開弓，打著自己的耳光。

『奴才知罪……奴才該死……』

皇后氣得臉色慘白，往前跨了一步。

『皇上！打還珠格格，是臣妾的命令，容嬤嬤不過是執行而已，皇上這樣，是在懲罰臣妾嗎？』

乾隆瞪視著皇后，感慨萬千的說：

『朕沒有要任何人碰容嬤嬤一下，皇后也會心痛，妳對容嬤嬤尚且如此，還不能寬容小燕子嗎？』就說：『容嬤嬤！起來吧！』

容嬤嬤慌忙磕頭，起身，灰頭土臉的說：

『謝皇上恩典！謝皇上恩典！』

皇后氣得咬牙切齒。

『如果朕不及時趕到，妳預備把小燕子怎樣？』乾隆看皇后。

『交給宗人府發落！』皇后傲然的挺著背脊。

『妳會不會太過分了？她只是小孩脾氣，毫無心眼！妳貴爲皇后，怎麼跟一個孩子認真？她犯了什麼罪，要送宗人府？』乾隆問。

『忤逆罪！』皇后冷冷的回答。

這時，令妃忍不住上前，對皇后說：

『皇后，您別生氣了！格格粗枝大葉，不懂規矩。可是，心眼是好的，對人也挺熱心的！進宮這些日子，人緣一直很好，幾個小阿哥、小格格都很喜歡她，今天衝撞了您，大概是個誤會吧！您大人不計小人過，別跟她計較了，讓她給您賠個不是吧！』

『對對對！小燕子，妳給皇后磕個頭吧！』乾隆附和著說，不願鬧得皇后太下不了台。畢竟，她統攝三宮六院，一切宮中規矩，是她的權責。

小燕子看了看乾隆，乾隆悄悄的跟她使了個眼色。小燕子不願忤逆乾隆，轉身對皇后磕了一個頭，嘴裡還嘰咕著說：

『反正磕一個頭，又不會少一塊肉！』

話『嘰咕』得挺大聲，皇后臉色鐵青。小燕子不情不願的磕完頭，站起身就走到乾隆身邊去找尋『庇護』。皇后心裡的不平，像燒旺的火，熊熊然的冒著火苗。她回頭面對乾隆和令妃，義正詞嚴的說：

『皇上！臣妾有幾句話，不能不說，忠言逆耳，如果會讓皇上不高興，我也顧不得了！這個還珠格格，既然已經被封爲「格格」，一舉一動，代表的是皇家風範，假若做出什麼荒唐的事

情，會傷害皇上的尊嚴！現在，她已經闖了一大堆的禍，鬧了許多笑話，再加上她膽大妄爲，沒上沒下！宮裡人多口雜，對她的行爲，已經傳得亂七八糟！如果再不管教，只怕會變成宮裡的大問題，民間的大笑話！所以，我認爲今天她用這種態度對我，就算不送宗人府，也該懲罰懲罰，讓後宮妃嬪格格們，做個警惕！』

皇后這幾句話，正氣凜然，合情合理，乾隆也不能不沈默了。

令妃聽到還要懲罰，一急，忍不住又開了口：

『皇后！小燕子雖然行爲魯莽，但是，她畢竟不是宮裡長大的，情有可原！再加上，她的率直和天真爛漫，正是皇上最珍惜的地方，如果一定要用禮教來拘束，豈不是把她的優點，全部抹殺了！咱們宮裡，規規矩矩的格格，還不夠多嗎？』

令妃這幾句話，可說到乾隆的心窩裡去了，乾隆急忙點頭稱是。

『正是正是！令妃說的，就是朕想說的！這還珠格格，既然來自民間，讓她保持一點「民風」不好嗎？至於管教，朕也有這個意思，不過，別操之過急，把她給嚇唬住了，慢慢來吧！』

皇后見令妃和乾隆一唱一和，氣極，卻不便發作，瞪了面有得色的小燕子一眼，就對皇上請了一個安，說：

『皇上這麼說，就這麼辦吧！臣妾先告退了！』

乾隆點點頭，皇后便帶著她的人，全體退出去。

皇后一走，小燕子笑開了，對乾隆和令妃心甘情願的磕了一個頭，大聲的說：

『小燕子謝皇阿瑪救命之恩！謝令妃娘娘袒護之恩！來生做牛做馬，做豬做狗，再報答你們！』

乾隆又好氣又好笑，彎腰拉起小燕子。凝視著她：

『妳不要太得意了，皇后說的話，也有她的道理！她是國母呀，妳怎麼連她也頂撞呢？妳這樣沒輕沒重，到處樹敵，還隨時做些奇奇怪怪的事，朕要把妳怎麼辦才好呢？』

小燕子衝口而出：

『您多疼我一點，少要求我一點，就好啦！』

乾隆瞪著她，笑了。

乾隆這樣一笑，滿屋子的人，全體跟著笑了。一場風波，就這樣煙消雲散。永琪看著小燕子，對於這個精靈古怪、花招百出的『假格格』，實在不能不甘拜下風，佩服得五體投地了。

當天，在學士府，永琪見到了他真正的妹妹，夏紫薇！

紫薇穿著旗裝，雍容華貴。輕輕盈盈的走過來，抬起澄澈的大眼睛，對永琪深深一凝眸，屈膝行禮。

『夏紫薇見過五阿哥！』

永琪目不轉睛，上上下下的打量了一下紫薇，心中暗暗喝采。

『我的名字是永琪。妳應該知道，我們這一輩，排行是「永」字輩。算年齡，我比妳大了些，應該算是妳的五哥！』

紫薇聽到永琪這樣說，眼眶一熱。凝視著永琪，又感動，又感慨的說：

『你這一句「五哥」，雖然只有兩個字，對於我，卻有千斤重啊！我從濟南到這兒，路上走了半年，在北京又折騰了好幾個月……想盡辦法，到處碰壁！你是我第一個見到的親人！我沒辦法告訴你，我現在有多麼激動，雖然我無緣得到皇上的承認，我依然對上蒼充滿感恩，因爲你已經承認了我！』

永琪好感動。這個紫薇，和小燕子簡直是兩個世界裡的人，小燕子沒章沒譜，大而化之；紫薇卻纖細溫柔，如詩如畫。永琪誠摯的說：

『我真沒想到，我在宮裡，多了一個小燕子那樣的妹妹，在宮外，還有一個像妳這樣的妹妹！我和爾泰，一路都在談妳和小燕子兩個！』

『你相信我的故事嗎？你不怕我是一個騙子嗎？你不認爲小燕子才是真的格格，而我是冒牌的嗎？』紫薇問。

爾康對紫薇點頭說：

『現在已經完全沒有懷疑了，因爲小燕子對五阿哥和爾泰兩個，把什麼都招了！』

紫薇大震，顫聲的問：

『她招了？她承認了？』

『是！她承認了！她說，情非得已，當時，有很多狀況，很多誤會，才造成今天的局面！她哭了，說是對不起妳！』爾泰接口。

紫薇踉蹌了一下，金瑣急忙扶住。紫薇心中痛楚：

『這種大事，她用「對不起」三個字，就解決了嗎？』

爾康走上前去，對紫薇誠懇的說道：

『我想，現在，我們的傳話都沒有意義，只有等到妳和小燕子見了面，才能澄清種種問題！

剛剛爾泰告訴我，小燕子在宮裡發生很多事情，現在已經是危機重重，目前，能不能出宮還不知道。可是，我們一定會想辦法安排！』回頭看永琪：『是嗎？五阿哥會幫我們的，對不對？』

永琪拚命點頭。

『是！我一定想辦法！小燕子也一直求我，讓我帶她出來見妳！妳知道嗎？爲了要見妳，她半夜翻牆，差點又被侍衛當成刺客打死了！她還帶了好多珠寶和銀子，說是要送來給妳用！』

『是嗎？』紫薇又震動了。

『是！』永琪注視紫薇，眼神誠摯而深刻，一直看進紫薇的眼神深處去。『紫薇，我可不可以有一個要求呢？』

『五阿哥不要這麼客氣，你有什麼吩咐，就直說吧！』

『請不要傷害小燕子！不管現在的事實是怎樣，我都相信小燕子情有可原！事關生死，妳還是要三思而行才好！』

紫薇震動的看著永琪，忽然在那張俊秀的臉龐上，在那明亮發光的眼神中，看出了某種讓人感動的深情。他好喜歡小燕子啊！她模糊的想著。爲了保護小燕子，或者，他寧願沒有自己這個妹妹吧！小燕子，她就有這種魔力，讓身邊的人，都不由自主的去喜歡她，去保護她。一時之

間，她不知道是該嫉妒小燕子，是該恨小燕子，還是已經原諒小燕子，還是在繼續喜歡小燕子？真的，聽了小燕子在宮中的種種，看到永琪和爾泰對小燕子的忠誠，她的心已經軟了。恨小燕子？她居然沒辦法恨小燕子！她迷糊了，半晌，都默然不語。

三天後，永琪和爾泰，帶了一封厚厚的信，到學士府來交給紫薇。

紫薇驚奇得睜大了眼睛，激動的喊：

『小燕子給我一封信？她寫的信？她怎麼會寫信？』

『是啊！好厚的一封信，她再三叮囑我，要我親自交給妳！說她「寫了」一個通宵才寫出來的！』永琪說。

紫薇接過信來，爾康、爾泰、永琪、福倫、福晉、金瑣全都忍不住好奇的觀望。爾康看著紫薇，問：

『妳不是說，小燕子沒唸過什麼書嗎？』

『是啊！當初教她寫我的名字，教了好多天才會，一直怪我的名字筆劃太多了！所以，她寫信給我，我才覺得好稀奇呀！』

大家伸頭去看，只見信封上歪歪倒倒的寫著『紫薇』二字。

紫薇裁開信封，急忙抽出一疊信箋。

紫薇一看，是好幾幅畫。

第一張畫，畫著一隻小鳥兒，胸口插著一支箭，倒在地上，周圍圍著一些人。

第二張畫，畫著小鳥兒睡在床上，一個穿著龍袍的人含淚在拔箭。遠處有一朵小花在流淚。

第三張畫，畫著小鳥兒靠在床上，瞪著骨溜滾圓的眼睛，一群人把格格頭飾放在小鳥兒的頭上，穿龍袍的人站在旁邊微笑。

第四張畫，畫著一朵花，小鳥兒銜著格格頭飾，正給花兒戴上。

紫薇看完四張畫，早已熱淚盈眶，把畫交給爾康，她激動得一塌糊塗，嚷著說：

『我現在都明白了！我就知道小燕子不會欺騙我，我就知道一定有原因！她受傷了？你們沒有一個人告訴我，她受傷了？你們怎麼不說？她被箭射到了嗎？傷得很嚴重嗎？』

爾康等人，大家搶著看了看那些畫，看得一知半解。永琪驚愕的問大家：

『你們沒有告訴紫薇，小燕子是抬著進宮的？』便抬頭看紫薇：『是我一箭射中了她，當時，四個太醫會診，皇阿瑪說，治不好小燕子，要太醫「提頭來見」。治了整整十天，才治活

的！』

『爲什麼不告訴我？你們誰都沒說過！』紫薇喊。

『我們以爲妳知道，我以爲我哥告訴過妳了！』爾泰驚訝的說。

『我以爲爾泰說過了，居然我們誰都沒說嗎？』爾康也驚訝的問。

『這個經過慢慢再告訴妳……』爾康搖了搖手裡的信箋：『妳都看懂了？』

紫薇含淚而笑。

『看懂了！』

福倫和福晉，接過信箋也看了看。福倫忍不住問：

『她說些什麼？』

紫薇鄭重的接過信箋，打開，看著信箋說：

『你們可能看不懂，我唸給你們聽！』便正色的，動容的，充滿感情的唸起信來：『滿腹心事從何寄？畫個畫兒替！小鳥兒是我，小花兒是妳！小鳥兒生死徘徊時，小花兒淚灑傷心地！小鳥兒有口難開時，萬歲爺錯愛無從拒！小鳥兒糊糊塗塗時，格格名兒已經昭天地！小鳥兒多少對不起，小花兒千萬別生氣！還君明珠終有日，到時候，小鳥兒負荊請罪酬知己！』

紫薇唸得抑揚頓挫，頭頭是道，大家聽得目瞪口呆。爾康凝視著紫薇，在一片震動的情懷裡，還有說不出來的佩服。大家都聽得感動極了，震動極了。

紫薇唸完信，對衆人含淚一笑。

『就是這樣了，她把所有的事情，都交代清楚了！』

永琪瞪著紫薇，心服口服的喊：

『所謂格格當如是！』

『哇！什麼叫「出口成章」，我今天是領教了！』爾泰喊。

爾康熱烈的看著紫薇，嘆了口氣，自言自語的說：

『天下的奇女子，都被咱們碰上了！』回頭看永琪：『五阿哥，謝謝你那一箭！射得好！』

永琪一楞。

『你謝得有點古怪！』

紫薇不由自主的臉一熱，眼睛裡亮晶晶的。

福晉拿起那些畫，左看右看，納悶的說：

『一個字都沒有，居然有這麼多的詞，也只有妳看得懂！真難爲了妳，怪不得妳會和她結

拜，只有姐妹，才會這樣心靈相通吧！』

福倫瞪著紫薇，起身，對紫薇一拜。到了此時，才真正承認了紫薇。

『福倫有幸，能讓一位真格格住在我家，有什麼不周到的地方，妳一定要說！』

紫薇跳起身子，漲紅了臉，對眾人喊：

『你們不要這樣，弄得我不好意思！接到小燕子的信，我實在太興奮，忍不住就「賣弄」了一下，你們千萬不要笑我！不過是文字遊戲而已！』

『我打賭，妳如果在皇阿瑪身邊，他會喜歡得發瘋的！』永琪說。

紫薇臉色一暗，忽然走到房間正中，面對眾人，跪了下去。誠誠懇懇的說：

『不瞞大家，自從我發現小燕子是格格以後，我對小燕子真是又恨又怨又生氣，可是，這些日子以來，聽你們大家跟我分析利害，我已經越來越明白，我的存在，不止威脅到小燕子的生命，還威脅到很多無辜的人！今天，我看了小燕子的信，我不再恨她了，也不怪她了！』抬頭看了爾康一眼：『你說過，老天這樣安排，可能有祂的意義！我終於相信了這句話！』

爾康目不轉睛的看著紫薇。

『現在的情勢，如果我要認爹，可能有兩個結果；一個是，我爹相信了我，那麼，是小燕子

死！另一個是，我爹不相信我，那麼，是我死！』

福倫不禁深深點頭。

『妳分析得很對，足以見得，妳已經想得非常透徹了！』

『無論是我死，還是小燕子死，都是不值得！上蒼既然把小燕子送進宮，讓她陰錯陽差的做了格格，又讓她幫我承歡膝下，做了女兒該做的事，我還有什麼好埋怨呢？所以，我決定了，從今以後，還珠格格是小燕子！我是夏紫薇，一個普通的老百姓。現在，知道這個祕密的，就是你們各位，請你們幫我一個忙，永遠永遠，嚥下這個祕密！』

大家激動著，感動著，一時無語。

爾康便就手扶起紫薇，動情的說：

『妳起來吧！妳的這篇話，事實上，在我們每個人的心裡，都盤旋了一段時間，只是沒有人敢跟妳講。今天，妳自己說出來了，我想，五阿哥和我們，都鬆了一口氣！妳能爲大局著想，能爲小燕子著想，犧牲妳自己，妳這種胸襟和氣度，讓我實在太佩服了！紫薇，我跟妳保證，妳不會白白犧牲的，老天會給妳另一種幸福，一定會！』

爾康說得坦率堅定，紫薇凝視爾康，不禁動容。

福倫和福晉對看一眼，都若有所覺而驚異著。

室內，每個人有每個人的感動。只有金瑣，不禁流下淚來，輕輕的喊了一聲：

『小姐！妳娘的遺志……』

紫薇回頭看金瑣，微笑的打斷了金瑣：

『金瑣，妳不必幫我委屈，我娘要我帶給我爹的東西，小燕子已經幫我帶到了！從我爹對小燕子的態度來看，我爹並沒有完全忘掉我娘，我想，我娘應該可以含笑九泉了！』

紫薇說完，就對永琪說：

『五阿哥，請你把我的話，說給小燕子聽！』

永琪心悅誠服的答道：

『妳放心！我會一字不漏的講給她聽！』

所以，當天下午，在漱芳齋，小燕子已經聽到了整個唸信的經過。別提小燕子有多麼激動了，她瞪著永琪，一直不敢相信的問：

『她原諒了我？她不恨我了？她說的？她真的這麼說？』

永琪目不轉睛的看著欣喜如狂的小燕子，嘆口氣，說：

『小燕子，我坦白告訴妳，我生在帝王家，家裡姑姑多，姐妹多，我是在一群「格格」中間長大的！可是，我從來沒有見過這樣兩個格格，一個是妳！一個是紫薇！妳的率直坦蕩，紫薇的詩情畫意，妳們兩個真是絕配！看多了我家那些方方正正的「格格」，真欣賞妳這個不在格子裡的「格格」，和紫薇那個玲瓏剔透的「格格」！』

左一個格格，右一個格格，可把小燕子聽得頭昏腦脹。她大叫一聲，說：

『不要跟我發表你的「格格」論了！只要告訴我……紫薇真的沒有罵死我，恨死我，氣死我……還把我的信，唸成一首歌……你沒有騙我吧？我作夢都夢到紫薇要掐死我呢！』

『不騙妳，她說，她已經原諒妳了！』

『哇！』小燕子騰空一躍，幾乎穿窗飛去：『紫薇原諒了我！紫薇原諒了我！』就滿室飛舞，樂不可支：『我就說嘛，拜把子是拜假的嗎？上有玉皇大帝，下有閻王老爺，全都看著呢！可是……』又急急的抓住永琪的袖子：『我還是要把這個「格格」還給紫薇！我一定要還的！你幫我想想辦法看，我怎麼樣可以把「格格」還給紫薇，不用砍頭丟腦袋？我對自己這顆腦袋，其實還滿喜歡的！』

永琪慌忙四面看看。

『小聲一點！小聲一點！妳要叫得人盡皆知嗎？妳已經把皇后得罪了，說不定四面八方都是皇后的眼線，妳還在這兒嚷嚷！』

小燕子盯著永琪，有個疑問，憋在心裡好久了。

『你叫皇后皇額娘，她是你的娘嗎？』

『不是的！因爲她是皇后，我必須這樣叫她！我的親生額娘是愉妃，已經去世了！皇后的親生兒子，是十二阿哥，不是我！』

小燕子呼出一大口氣，連忙喊：

『阿彌陀佛！謝天謝地！』

『妳別阿彌陀佛了，如果是的話，還可以幫妳講講話，不是才糟呢！皇后平常對我就已經忌諱了，現在又加一個妳！』

『爲什麼皇后忌諱你？』

『自古以來，宮闈的傾軋都是同一個理由……咱們不要談這個了！』凝視小燕子：『妳眼前最大的危機，總算有驚無險，只要紫薇放妳一馬，妳就安全了！妳安心當妳的還珠格格，不要東

說西說，知道嗎？』

『說實話，我已經當得不耐煩了，你們趕快幫我想一個脫身的辦法！』

『好，我幫妳想脫身的辦法，沒想好以前，妳答應我不鬧事！』

小燕子胡亂的點點頭。永琪認真的叮囑道：

『妳和皇后，最好不要作對！在宮裡，有宮裡的生存法則，妳這樣任性，遲早會吃大虧的！我請求妳，學著保護自己，好不好？』

永琪語氣中的溫柔，讓小燕子心裡熱呼呼的，眼中閃著喜悅。就伸手很男性化的，用手背『啪』的在永琪胸口打了一下，打得永琪好痛。

『你放心，我沒給你那一箭射死，就死不掉了！』

永琪搖頭苦笑：

『我還真不放心！如果妳最後會丟腦袋，還不如當初一箭射死妳，免得牽腸掛肚！』

『你說什麼？』小燕子眼睛一瞪。

永琪慌忙掩飾的看向窗外。

『沒什麼！』

『不要東拉西扯了，你到底什麼時候可以安排我出宮去見紫薇？』

『稍安勿躁！』

『什麼安什麼躁？你叫我不要急是嗎？怎麼可能不急呢？我急得不得了！剛剛皇阿瑪把我叫去說，明天要我跟你們一起去書房唸書，我聽到唸書，一個頭就脹成兩個大，我那會唸書呢？大字都不認得幾個，什麼紀師傅，好像很有學問的樣子，我一定會大出洋相，怎麼辦嘛？』

永琪看著她，笑了笑。

『怕什麼？有我和爾泰，我們會幫妳的！到時候，紀師傅一定會先考考妳，妳看我們的眼色就對了！我們不會讓妳下不來台的！』

『什麼？還要考我呀？我完了！真的完了！』小燕子苦著臉叫：『當個格格，怎麼這麼麻煩？還是讓紫薇來當比較好！』

小燕子往椅子裡一倒，好像天都塌下來了。

9

其實，清朝的格格們是不上書房的。上課，是阿哥們的事，不是格格的事。乾隆雖然嘴裡說，滿人對女兒和兒子的教養差不多，不會拘束女子。事實上，女兒和兒子的待遇是絕對不一樣的。女兒唸不唸書沒關係，兒子就必須都是文武全才。但是，格格們都有妃嬪們自我要求，自我教育。乾隆是個琴棋書畫，樣樣精通的人，格格們當然也個個都是出口成章的人物。所以，乾隆對於小燕子，居然沒唸什麼書，覺得是個大大的缺陷，他自己常說，人如果不讀書，就會粗鄙，而他，最受不了的就是粗鄙。

所以，還珠格格是第一個走進書房的格格。

這天，乾隆爲了慎重，也爲了要看看紀曉嵐如何『教育』小燕子，特別帶著小燕子到書房。一群阿哥們，和伴讀的王公子弟們，見小燕子來了，萬綠叢中一點紅，把書房帶來了一份活潑的氣氛，不禁個個都有些興奮。但是，看到乾隆坐鎮，大家又都惴惴不安了。

紀曉嵐看著小燕子，關於小燕子的種種脫序行爲，早已傳遍宮中。看到小燕子正襟危坐，如臨大敵，大眼睛不住左顧右盼，而爾泰和永琪，一邊一個，頻頻給她使眼色，覺得有些稀奇。心想，乾隆親自督陣，這個『師傅』，責任重大。不管怎樣，先試試小燕子的程度再說。

紀曉嵐就清清嗓子，微笑的說：

『今天是格格初次入學，臣想，不妨拋開那些又厚又重的書本，做些輕鬆有趣的事兒，格格以爲如何？』

小燕子一聽不碰書本，不由喜逐顏開，忙不迭的就連連點頭。

『咱們先來一個文字遊戲，來作「縮腳詩」，總共四句，第一句七個字，第二句五個字，第三句三個字，第四句只有一個字，四句裡頭，格格隨意接那一句都行……』便看著阿哥們說：『那一位先幫格格開個頭？』

小燕子苦著一張臉，聽得完全莫名其妙，什麼『縮腳詩』，還『伸頭詩』呢！看樣子，自己

得找一個地洞，到時候，來個『地洞詩』，鑽下去算了！正在想著，永琪已經大聲的接了口：

『我先來！』便看看小燕子，又看看爾泰，朗聲唸：『四四方方一座樓！』

『掛上一口鐘！』爾泰就刻接口，看小燕子，表示已從七字，降爲五字。

『撞一下！』永琪見小燕子一臉糊塗，趕快接了三個字的，現在只要接一個字就可以了，永琪把茶杯倒扣，拿摺扇做撞擊狀，暗示著。

小燕子瞪大了眼睛看著，本能的就接了一聲：

『嗡……！』

永琪、爾泰、阿哥們不禁熱烈鼓掌叫好：

『哈哈……！對了對了，就是這樣！』

小燕子驚喜莫名，不相信的問：

『真的嗎？我真的接對了嗎？』

『接得好極了，接得妙極了！』永琪首先讚美。

乾隆笑著搖搖頭。

『這不是接出來的，這是矇出來的！不能算數，師傅再另外出題吧！』

紀曉嵐出了第二個題：

『接下來，咱們來填詩，我提下半句，聽好啊！「圓又圓，少半邊，亂糟糟，靜悄悄。」格格要用這幾個字，填成一首詩！五阿哥！我看你躍躍欲試，你就再給格格示範一下！』

永琪想了想，看著小燕子，不能用字太深，要淺顯，要是小燕子能夠瞭解的。就唸了出來：

『十五月兒圓又圓，初七初八少半邊，滿天星星亂糟糟，烏雲一遮靜悄悄！』

『唔！填得不錯！』紀曉嵐點頭，心裡，可不怎麼滿意。太口語了！還沒來得及要小燕子作，爾泰已經忙不迭的接口：

『我也示範一下！』看著小燕子，心想，永琪說的還是『太詩意』了，應該從生活中取材，還要是小燕子能瞭解的生活。就唸了一首：『一個月餅圓又圓，中間一切少半邊，惹得老鼠亂糟糟，花貓一叫靜悄悄！』

爾泰這樣的詩，惹得阿哥們情不自禁的大笑。紀曉嵐和乾隆相對一看，明知永琪和爾泰在千方百計的幫小燕子，兩人也不表示什麼。紀曉嵐就催著小燕子說：

『格格！該妳了，試一試吧！』

小燕子一震，爲難的說：

『不試不行嗎？』

『要試要試，這沒有什麼好難爲情的！』紀曉嵐鼓勵著。

『那……要是填得不對、不好……』

『沒有關係，不對可以更正，不好可以修飾啊！』

小燕子看看永琪他們，兩人都對她點點頭，鼓勵著。小燕子知道賴不掉了，只得吸了一口氣，豁出去了。

『好吧！試就試！』就看著紀曉嵐，大聲唸著：『師傅眼睛圓又圓……』一句話剛剛出口，阿哥們竊笑四起。小燕子硬著頭皮繼續唸：『一拳過去少半邊……』滿堂的竊笑立刻變成了哄堂大笑，大家笑得東倒西歪。小燕子四面看看，完全就地取材，唸了第三句：『大家笑得亂糟糟……』

這一下，大家實在忍不住了，笑得前俯後仰，氣都喘不過來了。課堂上從來沒有喧鬧成這樣子過，何況乾隆在場！紀曉嵐氣得吹鬍子瞪眼睛，急得又咳嗽又拍桌子，滿屋子的笑聲就是無法控制。乾隆又好笑、又好氣，不得不板起面孔重重一哼：

『哼！』

阿哥們頓時收住笑，小燕子瞅了乾隆一眼，可憐兮兮的接完最後一句：

『皇上一哼靜悄悄！』

大家又迸出大笑聲，有的膽子小，拚命憋著笑，憋得臉紅脖子粗。

乾隆哭笑不得，只有化爲一聲長嘆：

『唉！』

小燕子看看乾隆，又看看紀曉嵐，忽然間靈機一動，想起紫薇曾經教過她一付對子，當時覺得好玩，就記住了。現在，不妨拿出來試一試！當下，就又委屈、又不服氣的，朗聲說：

『皇阿瑪別嘆氣呀！書上這些文謅謅的玩意兒我是外行，可是外頭活生生的世界我可內行了，不相信，我也來出個對子，只怕你們誰都對不出來！』

乾隆頓時大感興趣。

『哦？好大的口氣，曉嵐！你聽見沒有啊？』

『臣聽見了，請格格儘管出題！』紀曉嵐看著小燕子。

『好，聽著啊！「山羊上山，山碰山羊角，咩！」』最後一聲羊叫，惟妙惟肖。

紀曉嵐一呆。這是什麼東西？怎麼對？

阿哥們紛紛竊竊私語。

連乾隆也露出了困惑之色。

眼看大家討論、思考、皺眉、抓頭，表情不一而足，小燕子真是好不得意。

『怎麼樣啊？』小燕子笑嘻嘻的問大家。

阿哥苦笑的苦笑、搖頭的搖頭。

『紀師傅？』小燕子得意的看紀曉嵐。

紀曉嵐漲紅了臉，不得不拱拱手說：

『請教格格！』

『這下聯嘛！就是……』小燕子笑嘻嘻的接了下聯：『水牛下水，水淹水牛鼻，哞！』最後的一聲牛叫，也惟妙惟肖。

乾隆不禁撫掌大笑：

『哈哈……！原來如此，原來如此啊！』

紀曉嵐也笑了出來，明知道小燕子不可能對出這樣的對子，一定是什麼文人的遊戲之作，但是，看到乾隆那麼高興，就也湊趣的說：

『真所謂教學相長也，還珠格格！今日，我算是服了妳了！』

阿哥們都鼓掌起來，轟然叫好。永琪和爾泰相對一看，與有榮焉。

小燕子眼睛發光，臉孔也發亮，笑得好燦爛，心裡卻在嘰咕著：

『還好，跟紫薇學了這麼一招，把師傅也唬住了！』

乾隆聽到紀曉嵐讚美小燕子，更樂了。

『哈！博學多才的紀曉嵐，居然也有甘拜下風的一天啊！哈哈……！』

在一片哄鬧聲中，小燕子飄飄然著，永琪和爾泰用力鼓掌，都滿眼激賞的凝視她，書房中難得這樣熱鬧，大家興奮，其樂融融。

小燕子上書房的趣事，幾乎立刻就轟動了整個宮廷，更是大臣們茶餘酒後的笑談。大家對於這個毫無學問，卻能讓乾隆開懷大笑的『民間格格』，傳說紛紜。對於她的來歷，更是揣測多端，各種說法，莫衷一是。

不管大家的議論如何，小燕子還是心心念念要出宮。出不了宮，見不到紫薇，難免心浮氣躁，覺得當格格越來越不好玩了。

同一時間，紫薇已經下定決心，讓小燕子的格格當到底，她要徹底『退出』了。

這天，爾康走進紫薇的房間，發現紫薇把一疊洗得乾乾淨淨的衣裳放在床上。她和金瑣兩個，打扮得整整齊齊，正準備出門。

爾康一驚，急急的問：

『妳們要去那裡？』

『正要去大廳，看福大人，福晉，和你們兄弟兩個！』紫薇說。

『有事嗎？阿瑪去拜訪傅六叔了，還沒回家；爾泰進宮了，也還沒回來！』

『啊！』紫薇一怔。

『什麼事呢？告訴我吧！』

『我是要向大家道謝，打擾了這麼多日子，又讓大家爲我操心。現在，情勢已經穩定了，我想我也應該告辭了！我把福晉借我穿的衣裳，都洗乾淨放在床上了……』

爾康一震，看看收拾得纖塵不染的房間，著急的問：

『爲什麼急著走呢？難道我們有什麼不周到的地方嗎？』

紫薇搖搖頭，趕緊說：

『沒有沒有！就因爲你們太周到了，我才不安心！真的，打擾得太多了，我也該回到屬於自己的地方去了！』

爾康凝視紫薇，忽然間，就覺得心慌意亂了。一急之下，衝口而出：

『什麼是「屬於妳自己的地方」？妳是說那個大雜院？還是說皇宮？還是妳濟南老家？什麼是屬於妳的？能不能說清楚？』

一句話問住了紫薇。她的臉色一暗，心中一酸。

『是，天下之大，居然沒有真正屬於我的地方！但是，「不屬於」我的地方，我是很清楚的！』

爾康看了金瑣一眼。

金瑣就很識趣的對爾康福了一福，說：

『大少爺，我先出去一下！您有話，慢慢跟小姐談！』

金瑣走出門去，關上了房門。

紫薇有些不安起來，侷促的低下頭去。

爾康見房內無人，就一步上前，十分激動的盯著紫薇。

『紫薇，我跟妳說實話，我不準備放妳走！』

紫薇大震，抬頭看爾康。

『爲什麼？』

『因爲……我們大家，包括五阿哥在內，都或多或少，給了妳很多壓力，使妳不得不委委屈屈，放棄了尋親這條路！我們每個人都明知妳是金枝玉葉，卻各有私心，爲了保護我們想保護的人，把妳的身世隱藏起來，我們對妳有很多的抱歉，在這種抱歉裡，只有請妳把我們家當妳的家，讓我們對妳盡一份心力！』

『你的好意，我心領了！其實，你們一點都不用對我抱歉，是我自己選擇放棄這條路，我也有我想保護的人！你們全家對我都這麼好，我會終生感激的！但是，它畢竟不是我的家，我住在這兒，心裡一直不踏實，你還是讓我走吧！』

爾康情急起來。

『可是，妳的身分還是有轉機的！說不定柳暗花明呢？住在我家，宮裡的消息，皇上的情況，甚至小燕子的一舉一動……妳都馬上可以知道，不是很好嗎？何況，我們還在安排，要把妳

送進宮，跟小燕子見面呢！』

『我心裡明白，混進宮是一件很危險的事，說不定會讓福晉和你們，都受到責難！看過小燕子的信以後，我已經不急於跟小燕子見面了！只要大家都平安，就是彼此的福氣了！』

『可是，可是……妳都不想見皇上一面嗎？』

紫薇一嘆：

『見了又怎樣呢？留一點想像的空間給自己，也是不錯的！』

爾康見講來講去，紫薇都是要走，不禁心亂如麻。

『那……妳是走定了？』

『走定了！』

爾康盯著紫薇，見紫薇眼如秋水，盈盈如醉，整個人就痴了。頓時真情流露，衝口而出的說：

『所有留妳的理由，妳都不要管了！如果……我說，爲了我，請妳留下呢？』

紫薇大震，踉蹌一退，臉色蒼白的看著爾康。

爾康也臉色蒼白的看著紫薇，眼裡盛滿了緊張，期盼，和熱情。

這樣的眼光，使紫薇呼吸都急促起來，她啞聲的問：

『你是什麼意思？』

『妳這麼冰雪聰明，還不懂我的意思嗎？自從妳在遊行的時候，倒在我的腳下，攥住我的衣服，唸皇上那兩句詩……我就像是著魔了！這些日子，妳住在我家，我們幾乎朝夕相處，妳的才情，妳的心地，妳的溫柔……我就這樣陷下去，情不自禁了！』爾康一口氣說了出來。

紫薇震動已極，目不轉睛的看著爾康，呆住了。

兩人互看片刻，紫薇震驚在爾康的表白裡，爾康震驚在自己的表白裡。

爾康見紫薇睜大眼睛，默然不語，對自己的莽撞，後悔不迭。敲了自己的腦袋一下，退後了一步，有些張皇失措。

『我不該說這些話，冒犯了妳！尤其，妳是皇上的金枝玉葉，我都不知道妳會怎樣想我？』

紫薇楞了片刻，低低說：

『我現在還算什麼金枝玉葉呢？我說過了，我只是一個平常的老百姓，一個没爹没娘的孤兒，甚至連一個名譽的家庭都没有……真正的金枝玉葉是你，大學士的公子，皇上面前的紅人，將來，一定也有真正的金枝玉葉來婚配……我從小在我娘的自卑下長大，不敢隨便妄想什麼！』

爾康聽得非常糊塗，激動的說：

『如果妳可以「妄想」呢？妳會「妄想」什麼？』

紫薇大驚，再度踉蹌一退。

爾康見紫薇後退，受傷，懊惱，狼狽起來。臉上青一陣，白一陣。

『是我腦筋不清，語無倫次！妳把這些話，都忘了吧！如果妳決定要走，待我稟告過阿瑪和額娘，我就送妳回大雜院！』

爾康說完，不敢再看紫薇，就伸手要去開門。

紫薇心情激盪，一下子攔了過去，擋在門前，啞聲的說：

『我留下！』

爾康大震，抬頭盯著紫薇：

『妳說什麼？』

紫薇睜著黑白分明的眼睛，一瞬也不瞬的看著爾康，自從來到福府，對爾康的種種感激和欣賞，此時，已經融合成一股龐大的力量。她無法分析這股力量是什麼，只知道，她的心，已經被眼前這個徇徇儒雅的男子，深深的打動了。她清晰的說：

『爲了你最後那個理由，我不走了，我留下！』

爾康太激動了，一步上前，就忘形的握住紫薇的手。

紫薇臉紅紅的，眼睛水汪汪的，也忘形的看著爾康。

兩人痴痴的對視著，此時此刻，心神皆醉，天地俱無了。到這時候，紫薇才知道，爾康常說，紫薇和小燕子的陰錯陽差，是老天刻意的安排。她懂了，失之東隅，收之桑榆！如果她順利進了宮，就不會進府！和爾康的這番相知相遇，相憐相惜，大概就不會發生了！她定定的看著爾康那深邃的眸子，突然間，不再羨慕小燕子了。

這時的小燕子，確實沒有什麼可羨慕的，因爲，她正陷在水深火熱中。

到底，皇后用什麼方式，說服了乾隆，小燕子不知道。她只知道，忽然間，乾隆不止對自己的『學問』關心，對於自己的『生活禮儀』，也大大的關心起來。而且，他居然派了和小燕子有仇的容嬤嬤來『訓練』她，這對小燕子來說，是個大大的意外，更是個大大的災難！

事有湊巧，乾隆帶著皇后和容嬤嬤來漱芳齋那天，小燕子正趴在地上，和小鄧子、小卓子、明月、彩霞四個人，在擲骰子，賭錢。四個宮女太監，全都聽從小燕子的命令，趴在地上，正玩

得不亦樂乎。

誰知道，乾隆等一行人，會忽然『駕到』呢？門口又沒派人把風，等到乾隆的貼身太監小路子，一聲『皇上駕到，皇后駕到』的時候，乾隆和皇后已經雙雙站在小燕子面前了。

小燕子嚇了一大跳，慌忙從地上跳了起來。

小鄧子、小卓子、明月、彩霞全部變色，嚇得屁滾尿流，倉皇失措。大家紛紛從地上爬起來。還沒站穩，抬眼看到乾隆和皇后，又都『噗通噗通』跪下去。這一起一跪，弄得手忙腳亂，帽子、釵環、骰子、銅板……滾了一地。

小燕子倒是手腳靈活，急忙就地一跪。

『小燕子恭請皇阿瑪聖安，皇后娘娘金安！』

皇后見眾人如此亂七八糟，心中暗笑。

『格格在做什麼呢？好熱鬧！』皇后不溫不火的說。

乾隆皺著眉頭，驚愕極了，看著滿地的零亂。

『小燕子，妳這是……』看到骰子，氣不打一處來，對小鄧子四個人一瞪眼，大聲一喝：

『是誰把骰子弄進來的？』

小燕子生怕四人挨罵，慌忙稟告：

『皇阿瑪！你不要罵他們，是我逼著他們給我找來的，閒著也是閒著，打發時間嘛！』

乾隆聽了，簡直不像話！心裡更加不悅，哼了一聲。瞪著太監和宮女們，大罵：

『小鄧子，小卓子！你們好大膽子！好好的一個格格，都被你們帶壞了！』

小鄧子、小卓子跪在地上，簌簌發抖。

『咱們……奴才該死！』

皇后眉毛一挑，立刻接口：

『什麼叫「咱們奴才該死」？誰跟你們是「咱們」？』

小燕子又急忙喊：

『是我要他們說「咱們」，不許他們說「奴才該死」！皇阿瑪，皇后，你們要打要罵，衝著我來好了，不要老是怪到他們頭上去！』

乾隆看了皇后一眼，氣呼呼的點點頭：

『妳說對了！小燕子不能再不管教了！』便轉頭對小燕子，嚴厲的喊：『小燕子！妳過來！』

乾隆的臉色這麼難看，小燕子心裡暗叫不妙，只得硬著頭皮走了過去。

『從明天起，妳雙日上書房，跟紀師傅學寫字唸書；單日，容嬤嬤來教妳規矩！容嬤嬤是宮中的老嬤嬤，妳要禮貌一點，上次發生的那種事，不許再發生了！如果妳再爬柱子，再打人，朕就把妳關起來！君無戲言，妳最好相信朕的話！』

容嬤嬤就走上前來，對小燕子行禮。

『容嬤嬤參見格格，格格千歲千千歲！』

小燕子驀的一退，臉色慘變，急喊：

『皇阿瑪！您爲什麼這樣做？』

『朕知道什麼叫「恃寵而驕」，什麼叫「愛之，適以害之」！不能再縱容妳了！』

乾隆一用成語，小燕子就聽得一頭霧水，心裡又著急，想也不想，就氣極敗壞的喊著說：

『什麼「是蟲兒叫」，什麼「噯吱噯吱」？皇阿瑪，你不要跟我拽文了，你不喜歡我賭錢，我不賭就是了，你把我交給這個容嬤嬤，不是把雞送給黃鼠狼嗎？下次你要找我的時候，說不定連骨頭都找不到了！』

容嬤嬤面無表情，不動聲色。

皇后搖搖頭，一股『你看吧』的樣子，注視著乾隆。

乾隆聽到小燕子的『是蟲兒叫，噯吱噯吱』，簡直氣得發昏。對這樣的小燕子，實在忍無可忍，臉色一板，厲聲一吼：

『朕已經決定了！不許再辯！朕說學規矩，就要學規矩！妳這樣不學無術，顛三倒四，讓朕沒辦法再忍耐了！』便回頭喊：『容嬤嬤！』

『奴才在！』容嬤嬤答得好清脆。

『朕把她交給妳了！』

『喳！奴才遵命！』容嬤嬤這一句，不止『清脆』，根本是『有力』的！

小燕子的災難，就從這一天開始了。

容嬤嬤教小燕子『規矩』，不是一個人來的，她還帶來兩個大漢，名叫賽威，賽廣。兩人壯健如牛，虎背熊腰，走路的時候，卻像貓一樣輕悄，腳不沾塵。小燕子是練過武功的，對於『行家』，一目了然。知道這兩個人，必然是大內中的高手。

容嬤嬤對小燕子恭恭敬敬的說：

『皇上特別派了賽威、賽廣兄弟來，跟奴婢一起侍候格格。皇上說，怕格格一時高興，上了柱子屋簷什麼的，萬一下不來，有兩個人可以照應著！』

小燕子明白了，原來師傅還帶著幫手，看著賽威、賽廣，那兩人像鐵塔一般，心裡更是暗暗叫苦。

她看著容嬤嬤，轉動眼珠，還想找個辦法推託。苦思對策。

『容嬤嬤，我們先談個條件……』

容嬤嬤不疾不徐的接口：

『奴婢不敢跟格格談條件，奴婢知道，格格心裡，一百二十萬分的不願意學規矩！奴婢是奉旨辦事，不能顧到格格的喜歡或不喜歡。皇上有命，奴婢更不敢抗旨！如果格格能夠好好學，奴婢可以早點交差，格格也可以早點擺脫奴婢，對格格和奴婢，都是一件好事！就請格格不要推三阻四了！』

容嬤嬤講得不亢不卑，頭頭是道，小燕子竟無言以駁，無奈的大大一嘆：

『唉！什麼「格格」「奴婢」的搞了一大堆，像繞口令似的，反正，我賴不掉就對了！』

小燕子第一件學的，竟是『走路』。容嬤嬤示範，一遍又一遍的教：

『這走路，一定要氣定神閒，和前面的人要保持距離！甩帕子的幅度要恰到好處，不能太高，也不能太低，格格請再走一遍！』

『格格，下巴要抬高，儀表要端莊，背脊要挺直，臉上帶一點點笑，可不能笑得太多！再走一遍！』

『格格，走路的時候，眼睛不能斜視，更不能做鬼臉！請再走一遍！』

小燕子左走一遍，右走一遍，一次比一次不耐煩，一次比一次没樣子。帕子甩得忽高忽低。

容嬤嬤不慌不忙的說：

『格格，如果妳不好好學，走一個路，我們就要走上十天半月，奴婢有的是時間，没有關係！但是，格格一天到晚，要面對我這張老臉，不會厭煩嗎？』

小燕子忍無可忍，猛的收住步子，一個站定，摔掉手裡的帕子，對容嬤嬤大叫：

『妳明知道我會厭煩，還故意在這兒折騰我！妳以爲我怕妳嗎？我這樣忍受妳，完全是爲了皇阿瑪，妳隨便教一教就好了，爲什麼要我走這麼多遍？』

容嬤嬤走過去，面無表情的拾起帕子，遞給小燕子。

『請格格再走一遍！』

『如果我不走呢？』

『格格不走，容嬤嬤就告退了！』

容嬤嬤福了一福，轉身欲去。小燕子不禁大喊：

『慢著！妳要到皇阿瑪面前告狀去，是不是？』

『不是「告狀」，是「覆命」！』

小燕子想了想，畢竟不敢忤逆乾隆，氣呼呼的抓過帕子。

『算了算了！走就走！那有走路會把人難倒的呢？』

小燕子甩著帕子，氣沖沖邁著大步向前走，帕子摔得太用力，飛到窗外去了。

小鄧子、小卓子等六人，拚命忍住笑。

容嬤嬤仍然氣定神閒，把自己手裡的帕子遞上，不溫不火的說：

『請格格再走一遍！』

小燕子第二件學的是『磕頭』。和『走路』一樣，磕來磕去，磕個沒完沒了。

『這磕頭，看起來簡單，實際上是有學問的！格格每次磕頭，都沒磕對！跪要跪得端正，兩個膝蓋要併攏，不能分開！兩隻手要這樣交疊著放在身子前面，頭彎下去，碰到自己的手背就可

以了，不必用額頭去碰地，那是奴才們的磕法，不是格格的磕法。來！請格格再磕一次！』

『格格錯了！手不能放在身子兩邊……再來一次！』

『格格又錯了，雙手要交疊，請格格再磕一次！』

小燕子背脊一挺，掉頭看容嬤嬤，惱怒的大吼：

『妳到底要我磕多少個頭才滿意？』

容嬤嬤溫和卻堅持的說：

『磕到對的時候就可以了！』

小燕子就跪在那兒，磕了數不清的頭。

小燕子第三件學的事，居然是如何『坐』。

『所謂站有站相，坐有坐相。這「坐」也有規矩的！要這樣慢慢的走過來，輕輕的坐下去，膝蓋還是要併攏，雙手交疊放在膝上。格格，請坐！』

『格格請起，再來一遍！坐下去的時候，絕對不能讓椅子發出聲音！』

『格格請起，身子要坐得端正，兩隻腳要收到椅子下面去！請再來一遍！』

『格格請起，頭要抬頭，下巴不能下垂，兩隻腳不要用力！請再來一遍！』

於是，小燕子又起立，又坐下，整整『坐』了好多天。

小燕子終於爆發的那一天，是練習了好久的『見客』之後，好不容易，到了吃飯的時間。她累得腳也痠了，手也痠了，脖子背脊無一不痛。看到吃飯，如逢大赦，高興得不得了。坐在餐桌上，她吃著這個，看著那個，狼吞虎嚥。一面忙著自己吃，還要一面忙著招呼小鄧子、小卓子等人。

『哇！總算可以吃飯了，我現在吃得下一隻牛！』唏哩呼嚕的喝了一口湯，滿意的喘了口大氣。再含著一口菜，回頭說：『大家坐下來一起吃吧！我相信大家都餓了，都累了，這一桌子的菜，我一個人怎麼吃得下？來來來！吃飯！吃飯！累死事小，餓死事大……』

小燕子話沒說完，容嬤嬤清脆的接口：

『格格，請放下筷子！』

小燕子一怔，抬起頭來，氣往腦袋裡直衝。

『幹嘛？規矩已經教完了，我現在在吃飯呀！難道妳連飯也不讓我好好吃？』

『這「吃飯」也有規矩！嘴裡含著東西，不能說話！更不能讓奴才陪妳吃飯，奴才就是奴才！格格身分高貴，不能和奴才們平起平坐，這犯了大忌諱！格格拿筷子的方法也不對，筷子不

能交叉，不能和碗盤碰出響聲！喝湯的時候，不能出聲音！格格，請放下筷子，再來一遍！』

這一下，小燕子再也無法忍耐了，『啪』的一聲，把筷子重重的往桌上一拍，跳起身子，大叫：

『我不幹了！可以吧！這個還珠格格我不當了！早就不想幹了！什麼名堂嘛？坐也不對，站也不對，走也不對，跪也不對，笑也不對，說也不對……連吃都吃不對！我不要再受這種窩囊氣！我受夠了！我走了，再也不回來了！』

小燕子一面喊著，一面摘下了『格格扁方』，往地上一摔，扯掉脖子上的珠串，珠子唏哩嘩啦的散了一地，小燕子就衝出房去。在她身後，小鄧子、小卓子、明月、彩霞、容嬤嬤嘴裡喊著格格，拚命的追了出來……

就在這個時候，乾隆、皇后、令妃，帶著永琪和爾泰走進漱芳齋的院子。

小燕子像箭一樣的射出，嘴裡亂七八糟的喊著：

『帽子，不要了！珠子，不要了！耳環，不要了！金銀財寶，都不要了！這個花盆底鞋，也不要了……』就伸腳一踢一踹，一雙花盆底鞋子飛了出去。

乾隆驚愕的一抬頭，只見一隻花盆底鞋，對他腦門滴溜溜飛來。乾隆大驚：

『這是什麼？』

永琪出於直覺反應，跳起身伸手一抄，抄到一隻鞋子。

乾隆瞪大了眼睛。皇后、令妃、永琪、爾泰都是一陣驚呼。小燕子嘴裡還在喊：

『不幹了，總可以吧！什麼「還珠格格」，簡直成了「烤豬格格」……』

乾隆驚魂未定，怒喊：

『小燕子！妳這是幹什麼？』

小燕子這才猛然煞住腳步，睜著大眼，氣喘吁吁的看著乾隆。

奔出門來的容嬤嬤、小鄧子、小卓子、明月、彩霞、賽威、賽廣噗通噗通的跪了一地，紛紛大喊：

『皇上吉祥！皇后娘娘吉祥！令妃娘娘吉祥！五阿哥吉祥！福二爺吉祥……』

在這一片吉祥聲中，小燕子卻漲紅了臉，瞪大了眼珠子，氣鼓鼓的光腳站著，一句話都不說，也不請安。

皇后一挑眉，厲聲問：

『這是怎麼回事？容嬤嬤！』

『奴婢在！』

『妳不是陪著格格嗎？怎麼把格格教成這個樣子？帽子鞋子全飛了，是怎麼回事？妳說！』

『奴婢該死！教不會還珠格格！』容嬤嬤一股『罪人』狀。

乾隆氣得眼冒金星，瞪著小燕子，大怒的吼：

『妳這是什麼樣子！要妳學規矩，妳怎麼越學越糟？妳看看妳自己，服裝不整，橫眉怒目，成何體統？』

小燕子什麼都不管了，直著眼睛嚷：

『皇阿瑪！我豁出去了！這個格格我不幹了！你要砍我的腦袋，我也只有認了！反正……』

她傲然的昂著頭，視死如歸的大喊：『要頭一顆，要命一條！』

乾隆被她氣得臉紅脖子粗。

『妳以爲「格格」是什麼？隨妳要幹就幹，要不幹就不幹？』回頭大叫：『來人呀，給朕把還珠格格拿下！』

賽威、賽廣便大聲應著『喳』，上前迅速的捉住了小燕子。

小燕子急喊：

『皇阿瑪！皇阿瑪……你真的要我的腦袋嗎？』

乾隆震怒，無法控制了。對小燕子聲色俱厲的吼著：

『妳如此囂張，如此放肆！朕對於妳，已經一忍再忍，實在忍無可忍了！朕不要妳的腦袋，只要好好的教訓妳！』便對太監們喊道：『打她二十大板！』

太監們大聲應著『喳』。

永琪大急，真情流露，噗通一聲，對乾隆跪落地，氣極敗壞的喊：

『皇阿瑪請息怒！還珠格格是金枝玉葉，又是女兒身，恐怕禁不起打！不如罰她別的！』

爾泰見永琪跪了，便也跪了下去。

『皇上仁慈！五阿哥說的很對，格格不比男兒，不是奴才，萬歲爺請三思！』

令妃也急忙對乾隆說：

『是呀是呀！還珠格格身體嬌弱，上次受的傷，還沒有全好，怎麼禁得起板子？皇上，千萬不要衝動呀！』

小鄧子、小卓子、明月、彩霞四人，更是磕頭如搗蒜，流淚喊：

『皇上開恩！皇上開恩！』

乾隆見眾人求情，略有心軟，瞪著小燕子怒問：

『妳知錯沒有？』

誰知，小燕子下巴一抬，脫口而出：

『我最大的錯，就是不該做這個格格……』

乾隆不等她說完，就大喊著說：

『打！打！誰都不許求情！』

這時，早有太監搬了一張長板凳來。賽威賽廣便把小燕子拖到板凳前，按在板凳上面，另有兩個太監，拿了兩根大板子，抬頭看乾隆。

乾隆怒道：

『還等什麼？打呀！朕要親自看著你們打！重重的打！重重的打！』

兩個太監不敢再延誤，噼哩叭啦的就對小燕子屁股上打去。一面打，一面數數：『一！二！三！四……』故意打得很慢，給乾隆機會叫停。

小燕子直到板子打上了身，這才知道乾隆是真的要打她，又痛又氣又急又羞又委屈又傷心，掙扎著，揮舞著手大叫：

『皇阿瑪！救命啊……我知錯了！知錯了……』痛得淚水直流。

永琪急壞了，跪行到乾隆面前，磕頭喊：

『皇阿瑪！手下留情呀！』

乾隆怒不可遏，喊道：

『說了不許求情，還有人求情！加打二十大板！』

永琪和爾泰，再也不敢求情，急死了。眼睜睜看著板子噼哩叭啦，打上小燕子的屁股。

令妃眼看小燕子那一條蔥花綠的褲子，已經透出血跡，又是心痛，又是著急。自從小燕子進宮，令妃還是真心疼她。這時，什麼都顧不得了，抓著乾隆的手，一溜身跪在乾隆腳下，哀聲喊著：

『皇上，打在兒身，痛在娘心！小燕子的親娘，在天上看著，也會心痛的！皇上，你自己不是說過，對子女要寬容嗎？看在小燕子娘的份上，您就原諒了她吧！再打下去，她就沒命了呀……』

令妃的話，提醒了小燕子，當下，就沒命的哭起娘來。

『娘！娘！救我呀！娘……娘……妳為什麼走得那麼早？為什麼丟下我……』一哭之下，真

的傷心，不禁悲從中來，痛喊：『娘！妳在那裡啊……如果我有娘，我就不會這樣了……娘！妳既然會丟下我，爲什麼要生我呢……』

乾隆一聽，想著被自己辜負了的雨荷，心都碎了。急忙喊：

『停止！停止！別打了！』

太監急急收住板子。賽威、賽廣也放開小燕子。

小燕子哭著，從板凳上癱倒在地。

令妃、明月、彩霞都撲過去抱住她。

乾隆走過去，低頭看了小燕子一眼，看到她臉色蒼白，哭得有氣無力，心裡著實心痛。掩飾住自己的不忍，色厲內荏的說：

『妳現在知道，「君無戲言」是什麼意思了！不要考驗朕的耐心，朕嚴重的警告妳，再說「不當格格」，再不守規矩，我絕對不饒妳！如果妳敢再鬧，當心妳的小命！不要以爲朕會一次又一次的縱容妳！聽到沒有？』

小燕子嗚嗚咽咽，淚珠紛紛滾落，嚇得魂飛魄散，拚命點頭，卻說不出話來。

乾隆見小燕子的囂張，變成全然的無助，心中惻然，回頭喊：

『賽威！賽廣！去傳胡太醫來給她瞧瞧！容嬤嬤，去把上次回疆進貢的那個「紫金活血丹」，拿來給她吃！』

乾隆說完，便一仰頭，轉身而去。

皇后、容嬤嬤、賽威、賽廣、太監、宮女跟隨，都急步而去了。

永琪和爾泰，見到乾隆和皇后已去，就跳起身子，奔過去看小燕子。

永琪看到小燕子滿臉又是汗，又是淚，奄奄一息，褲子上綻著血痕，心都揪緊了。掩飾不住自己的心痛和關懷，低頭說：

『小燕子，妳怎樣？現在，皇上和皇后都已經走了，妳如果想哭，就痛痛快快哭一場吧！不要憋著！』

小燕子閉著眼，淚珠沿著眼角滾落，嘴裡嘰哩咕嚕，不知道說了一些什麼。

『她說什麼？』爾泰聽不清楚，問永琪。

『她說，幸好打的不是紫薇！』

10

知道小燕子挨了打，紫薇激動得一塌糊塗，不相信的看著大家。

『皇上打了小燕子？怎麼可能？他不是很喜歡小燕子的嗎？他不是心存仁厚的嗎？他不是最欣賞小燕子那種無拘無束的個性嗎？為什麼打她呢？打了，是不是表示皇上不喜歡她了？那……小燕子有沒有危險呢？』

爾康見紫薇急得魂不守舍，急忙安慰她：

『妳先不要急！皇上其實和一般人沒有兩樣，也是望子成龍，望女成鳳的！管教小燕子應該是愛，而不是不愛！』

永琪搖搖頭，擔心的接口：

『爾康說得對，但是也不對！』

『什麼又對、又不對的？』紫薇問。

『皇阿瑪是我的爹，我太瞭解他了！小燕子完全不明白「伴君如伴虎」這句話，皇阿瑪這一生，從來沒有人敢頂撞他，敢跟他說「不」字，他早已經習慣這種生活了！他的話是聖旨，是命令，是不可違背的！小燕子頭幾次頂撞他，皇阿瑪覺得新鮮，忍了下去，次數多了，皇阿瑪就受不了了！』

福倫不禁拚命點頭：

『五阿哥分析得對極了！想想宮裡，不論是那位娘娘，那位阿哥和格格，不是對皇上千依百順，還想盡法子討好，皇上對小燕子能夠忍到今天，已經很不容易了！何況，小燕子還有敵人，這些敵人在皇上面前，嘰嘰咕咕一下，皇上的面子，也掛不住呀！不管也得管！』

紫薇更急了。

『這麼說，小燕子根本就有危險嘛！她向來就喳喳呼呼，不知道天高地厚的！她脾氣還硬得很，絕不會上一次當，學一次乖！過幾天，她又會原形畢露的！今天是挨打，下次，豈不是要砍

頭了？』便對永琪爾泰說：『五阿哥，爾泰，你們兩個常常在宮裡，一定要想辦法保護她才好！』

『妳以爲我不想保護她嗎？但是，這內宮之中，還是有禮法的！雖然是兄妹，也男女有別，我和爾泰，去漱芳齋的次數太多，一樣會惹起是非和議論的！』永琪說。

紫薇越想越急，便走到福晉面前，哀求著說：

『福晉，妳上次說，可以把我打扮成丫頭，帶進宮裡去！妳就冒險帶我進去吧，好不好？本來，我以爲小燕子這兩天就可以混出宮來了，現在，她又被打傷了，肯定出不來，我好想進去看看她！』

福晉一怔。

『這……還是太冒險了吧？萬一被發現了，咱們怎麼說呢？何況，現在剛剛發生了事，咱們更不能輕舉妄動了！』

『額娘說得對！小不忍則亂大謀，妳一定要忍耐！』爾康接口。

紫薇急得心煩意亂：

『知道小燕子挨了打，我怎麼還能忍耐呢？她一個人在宮裡，身上受了傷，連個說知心話的

人都没有，她怎麼辦呢？』她越說越急切，越想越難過：『她每次出事，原因只有一個，就是心裡還記掛著我，要把格格還給我，才會說些「不當格格」「不是格格」這種話……』抬頭看爾康：『你以前說，她是我的「繫鈴人」，其實，我才是她的「繫鈴人」呀！我得去開導她，我得去幫她「解鈴」呀！』

永琪凝視紫薇，深深一嘆：

『妳和小燕子，真是奇怪，她挨了打之後，說的第一句話是「還好打的不是紫薇！」而妳，爲了她，弄得家没有家，爹没有爹，妳還記掛著她的安危！想到皇室中，兄弟之間，爲了大位之爭，常常弄得骨肉相殘，真覺得不如生在民間，還能得到真情！』

紫薇對永琪的感慨，還無法深入，只是關心小燕子：

『你們要不要幫我呢？我真的想進宮去看小燕子呀！我有預感，如果不去見她一面，把我的心態說清楚，小燕子會出大事的！皇上的愛，這麼孤傲，小燕子就算有一百顆腦袋，也想不明白的！你們讓我進宮去見她一面吧！我發誓，我會很小心很小心，絕對不出錯！只要進去兩個時辰，就夠了呀！你們大家成全我吧！』

福倫和福晉，彼此看著，實在顧忌太多了。爾康就走上前去，對紫薇鄭重的、誠懇的說道：

『不是阿瑪和額娘不願意幫妳！我們每一個人都想幫妳，不止幫妳，還要幫小燕子！可是，妳不能弄巧成拙是不是？妳仔細想一想看，現在進宮合適嗎？小燕子剛挨了打，一肚子委屈，見到妳之後，還會心平氣和嗎？以她的個性，以妳的個性，妳們說不定會抱頭痛哭，淚流成河！如果那樣，豈不是驚動了宮裡所有的人？現在，小燕子身邊，也是宮女太監一大堆，一個不小心，小燕子是殺身之禍，妳也不見得「有理說得清」！妳想想，我們怎麼放心讓妳進宮呢？』

爾康一篇話，說得合情合理，大家都紛紛點頭。永琪尤其贊同：

『大家的顧慮，真的對極了！現在，皇阿瑪對小燕子已經動了板子，如果小燕子再有什麼風吹草動，問題就大了！妳就算爲了小燕子的安全，也要忍耐！妳放心，我和爾泰，會每天去探望小燕子的，宮裡又有太醫，又有最珍貴的藥材，她很快就會好的！』

爾泰接口說：

『是呀，妳雖然見不到小燕子，可是，我每天都會把消息帶回來給妳！』

金瑣也插嘴了：

『小姐，妳也可以寫信給她呀！她能畫畫給妳，妳也可以畫畫給她！請五阿哥送進去！』

『我心甘情願，作妳們兩個的信差！』永琪急忙說。

大家你一言，我一語，說得仁至義盡，紫薇心裡再急，也無可奈何了。

這天晚上，乾隆心緒不寧，奏摺看不下去，書看不下去，事情做不下去，連打棋譜的興趣都沒有。想寫寫字，寫來寫去寫不好。最後，什麼事都不做了，到延禧宮去看令妃。令妃不在，他也不叫人找，也不叫人傳，只是在那兒背著手，走來走去，耐心的等待著。

令妃好晚才進房。看到乾隆，嚇了好大一跳。

『她怎麼樣？』乾隆劈頭就問。

令妃一楞，急忙請安。

『皇上！怎麼這樣晚了，還不睡覺？』

乾隆不耐的搖搖頭：

『朕不睏！妳不是從小燕子那兒回來的嗎？』

『是！』

『她怎樣呢？』

令妃輕輕一嘆：

『好像不太好！』

『什麼叫「不太好」？不過打了幾板子，能有多嚴重？總不會像上次當胸一箭，來得嚴重吧！』

令妃悄悄的看了乾隆一眼，唉聲嘆氣：

『皇上啊！上次當胸一箭，只是外傷，現在，可是外傷加內傷啊！』

乾隆一驚：

『怎麼還會有「內傷」呢？誰打的？』

『皇上打的啊！』

『朕何時打過她？』乾隆又一楞。

『皇上，女兒家的心思，您還不瞭解嗎？在這麼多人面前，皇后、容嬤嬤、太監、宮女、侍衛……還有五阿哥和爾泰，大家瞪大眼睛瞧著，她當眾被打了板子，面子裡子都掛不住了！最讓那孩子傷心的，是皇阿瑪的「疾言厲色」、「非打不可」啊！所以，人也傷了，心也傷了！』

乾隆震動了，真的，是個女兒呢，怎麼也用板子？他心中實在後悔，嘴裡卻不願承認。

『她太過分了，簡直無法無天，不打不行呀！』說著，就不安的看令妃：『是不是打重

了？』

令妃點點頭：

『皮開肉綻了！』

乾隆一呆，立刻怒上眉梢，大罵：

『可惡！是那個太監打的板子，明知道是打「格格」，也真下手狠打嗎？』

『那可不能怪太監，皇上一直在旁邊叫「重重的打」！』令妃坦率的說。

『胡太醫怎麼說呢？要緊嗎？』乾隆急了。

『格格不給胡太醫診視！』

『為什麼不給診視？妳也由著她嗎？』乾隆簡直生氣了。

『皇上呀，格格是姑娘家呀，冰清玉潔的！傷在那種地方，又是板子打的，她怎麼好意思讓太醫診治呢？瞧都不許瞧，就哭著叫著把太醫趕出去了！』令妃瞅著乾隆，婉轉的說。乾隆一想，也是，傷在屁股上呀，怎麼看大夫呢？

『那「紫金活血丹」有沒有吃呢？傷口有沒有上藥呢？』乾隆更急了。

『不肯吃藥，也不肯上藥，誰的話都不聽！丫頭太監們跪了一地求她，她把藥碗全給砸

了！』

『什麼？脾氣還是這麼壞？打都打不好？』乾隆大驚。

『也難怪她，發著高燒，人都氣糊塗了，燒糊塗了！』

『怎麼會發高燒呢？』乾隆越聽越驚了。

『胡太醫說，發燒是傷口引起的，再加上什麼「急怒攻心，鬱結不發」……這熱就散不出來，說是吃兩帖藥就好了！開了藥方，也熬了藥，可是，這個牛脾氣格格，就是不吃……口口聲聲說，死掉算了……』

乾隆再也按捺不住，往門外就走。

『她敢不吃？朕自己去瞧瞧！』

令妃慌忙喊：

『臘梅！冬雪！小路子……大家跟著！』

小燕子趴在床上，昏昏沉沉的躺著，哭得眼睛腫腫的。明月、彩霞在床邊侍候著，擦汗的擦汗，擦淚的擦淚，兩人苦苦的勸解著：

『格格，不要傷心了，我讓廚房熬一點稀飯來吃，好不好？』明月問。

小燕子不睜眼睛，也不說話。

『格格，妳這樣不行呀，藥也不吃，東西也不吃，就是鐵打的身子，也禁不起呀……令妃娘娘拿了最好的金創藥膏來，五阿哥又特地送了一盒「九毒化瘀膏」來，說是好得不得了，讓奴婢幫妳擦一擦吧！』彩霞哀求著。

小燕子動也不動。

門外忽然傳來小鄧子和小卓子的大叫聲：

『皇上駕到！』

接著，是乾隆的聲音：

『通通站在外面，不要跟著！朕自己進去！』

乾隆聲到人到，已經大步跨進房。

小燕子大驚，驀的睜開眼睛，見到乾隆，嚇得從床上一躍而起，想跪下身子磕頭，奈何一個頭昏眼花，竟跌落在地，砰然一響，撞到傷處，痛得失聲大叫。

『哎喲！』

明月、彩霞正跪在地上喊『皇上吉祥』，見到這等局面，急忙連滾帶爬衝過來，要扶小燕子。

誰知乾隆比明月彩霞都快，已經一彎腰，抱起小燕子。

乾隆凝視著臂彎裡的小燕子，小燕子覺得丟臉，不敢看乾隆，用袖子蒙住自己的臉，把整個臉龐都遮得密不透風。

乾隆一語不發，輕柔的把小燕子放上了床，知道她不能仰臥，細心的將她翻轉。

小燕子呻吟著，只能趴著身子，覺得丟臉已極，沮喪已極。她現在終於知道『皇上』的意義和權威了，對乾隆是又愛又怕。她把棉被一拉，把自己連頭蒙住，從棉被中嗚嗚咽咽的說：

『皇阿瑪，跪地磕頭，學了三天，還是沒磕好！你別生氣……我在棉被裡給您磕頭！』她的腦袋，就在棉被中動來動去。

乾隆又是心痛，又是困惑，又是好笑，又是好氣。

『幹嘛蒙著臉？把棉被拉開！』

『我不！』小燕子蒙得更緊了。

『這樣蒙著頭，怎麼透氣？』乾隆命令的喊：『拉開！』

『不能透氣就算了……』

乾隆回頭看明月，彩霞：

『給妳們主子把棉被拉下來！』

『是！』

明月、彩霞便上前去拉棉被，誰知小燕子死命扯住棉被，就是不肯露面，和明月彩霞拉拉扯扯。掙扎的喊著：

『不要！我不要！讓我蒙著！』

乾隆忍無可忍，推開明月彩霞，一伸手，把棉被從小燕子頭上拉下。

『妳到底在鬧些什麼？不要見皇阿瑪了嗎？』

小燕子沒有棉被『遮羞』，就慌忙把臉孔埋在枕上，哽咽說：

『小燕子沒有臉見皇阿瑪！沒有臉見任何人了！』

『那麼，妳預備從今以後，就蒙一床大棉被過日子嗎？』

小燕子埋著臉不說話。

乾隆瞪著她，聲音不知不覺的柔和下來：

『給皇阿瑪打兩下，有什麼不能見人的？』說著，就伸手去把她的臉從枕頭上扭轉過來，一面摸著她的額頭。摸到滿頭滾燙，不禁大驚：『燒成這樣子，爲什麼不吃藥？爲什麼不看大夫？』

小燕子偷眼看乾隆，淚，忍不住就紛紛滾落。

『不想吃！』

『什麼叫不想吃？藥也由得妳想吃才吃，不想吃就不吃嗎？』乾隆生氣的說。

『反正……遲早是會給皇阿瑪殺掉的，吃藥也是白吃！早點死了早超生！』

乾隆瞪著小燕子，看到她燒得臉龐紅紅的，眼睛裡淚汪汪，雖然痛得不能動，還是一副『要頭一顆，要命一條』的樣子，看起來真是又可憐又讓人無奈。乾隆是皇帝，所有的人對他言聽計從，他從來沒有應付過這樣的格格，竟然覺得自己有些手足無措，招架不住了。

『這是什麼話？打妳幾下，妳就負氣到這個程度，妳的火氣也太大了吧？』他咳了一聲，清清嗓子，勉强板起臉來，用力的說：『朕要妳吃藥！聽到沒有？朕命令妳，聽到沒有？這是「聖旨」，聽到沒有？』便抬頭對明月彩霞吼道：『妳們還不趕快去把藥重新熬過，端來給格格吃！妳們兩個，會不會侍候？』

明月彩霞嚇得魂飛魄散，慌忙連聲應著：

『喳！奴婢該死，奴婢遵命！』一面急急出房去。

乾隆見房中已無人，就收起了那股『皇上架勢』，俯身對小燕子溫柔的說：

『今天打妳的時候，令妃說，「打在兒身，痛在娘心」。其實，爹和娘是一樣的！「打在兒身，也痛在朕心」！當時，妳也實在太不像樣了，妳逼得朕不能不打妳！妳這種個性，就是會讓自己吃虧呀！現在，打過了，也就算了，不要傷心了，好好的吃藥，知道嗎？』

小燕子聽到乾隆這麼溫馨的幾句話，再也熬不住，『哇』的一聲，放聲痛哭了。

『別哭呀！妳這是怎麼了？疼嗎？很疼嗎？』乾隆急得不知道該怎麼辦了。

『我以爲……我以爲，皇阿瑪再也不喜歡我了！』小燕子抽抽噎噎的喊。

乾隆眼中一熱，眼眶竟然有些潮溼起來。

『傻孩子，骨肉之情是天性，那有那麼容易就失去了？』

乾隆一句『骨肉之情是天性』，讓小燕子又驚得渾身打冷戰。

乾隆見小燕子打冷戰，臉色青一陣，白一陣，心裡實在焦急。

『怎麼？爲什麼發抖？冷嗎？朕得宣太醫來，不看傷口，總得把把脈！那個「紫金活血丹」

是救命良藥，怎麼不吃？』

小燕子又是感動，又是害怕，對乾隆真的『敬畏』極了。

『我吃藥，我待會兒馬上就吃藥，不敢不聽話了，不敢「抗旨」了……可是……可是……』

『可是什麼？』

『我終有一天，會讓皇阿瑪失望的……會讓皇阿瑪砍我腦袋的……』小燕子越想越怕，痛定思痛。

乾隆凝視她，納悶的說：

『朕這次真的把妳嚇壞了，是不是？朕又不是暴君，怎麼會動不動就砍人腦袋呢？妳爲什麼老是擔心朕會砍妳腦袋呢？放心吧！朕不會的！妳的腦袋還是長得很牢的！』

『可是……可是……』

『又可是什麼？』

『可是……那些規矩，我肯定學不會的……過兩天，我又會挨打的……』

乾隆見小燕子眼神悲戚，淚眼凝注。平日的神采煥發，趾高氣揚，已經完全消失無蹤。心裡，就緊緊的一抽。

『唉！』他長嘆一聲：『不能要求妳太多，這宮中規矩嗎，學不會，也就算了！妳，把心情

放寬一點吧！快快好起來，才是最重要的！知道嗎？』

小燕子眼睛驀的一亮。

『我可以不學規矩了？』

乾隆因小燕子眼睛這『一亮』，心裡也跟著『一亮』。

『是！妳可以不學規矩了！』

小燕子急忙在枕上磕了一個頭，說：

『謝皇阿瑪恩典！』

乾隆深深的看著小燕子，看到她身子一動，難免痛得齜牙咧嘴，臉上又是淚，又是汗，好生狼狽。想到自己把一個生龍活虎，歡歡喜喜的女兒，折騰成這樣，他的心裡，就更加柔軟，更加心痛和後悔莫及了。

當小燕子無奈的躺在床上養傷的時候，紫薇也陷進了一份深深的無奈裡。

紫薇沒辦法進宮，懊惱極了。所幸，知道小燕子身體逐漸復元，皇上依然寵愛，居然免除了她『學規矩』的苦差事，總算小燕子因禍得福。可是，紫薇仍然覺得惴惴不安，一天到晚，代小燕子捏把冷汗。爾康看她這麼不快樂，一連幾天，都帶她出門去。他們去了大雜院，給孩子和老

人們送去了無數的東西，吃的穿的都有。柳青柳紅看到爾康對紫薇那麼小心翼翼，兩人就心知肚明了。許多疑問，在紫薇的難言之隱中，也都嚥下去了。

紫薇的不快樂，其實不止是爲了小燕子，也有一大部份，是爲了爾康。爾康察言觀色，將心比心，對紫薇的心事，也體會出來了。自從紫薇那天一句『我留下』，他就想了千遍萬遍，如何『留』她？越想，心裡也越亂。

這天，爾康帶她來到一個幽靜的山谷。這兒，像個世外桃源。群山環繞，滿山蒼翠，風微微，雲淡淡，水潺潺。有條清澈的小溪，從綠樹叢中，蜿蜒而過。小溪旁，幾株桃花，開得一樹燦爛，微風一過，落英繽紛。

爾康和紫薇站在水邊，兩人迎風而立，衣袂飄飄。

『哇！怎麼有這麼美麗的地方？簡直是個仙境！』紫薇喊著。

『這是我常常來的一個地方，我給它取了一個名字，叫做「幽幽谷」，是我祕密的藏身之處。小時候，每當心裡不痛快，就會到這兒來！看看山，看看水，聽著風聲，聽著鳥叫，一待就是好幾個時辰，然後，所有的煩惱就都沒有了！今天，難得帶妳出來，就忍不住要把這個好地方，跟妳分享！』

『像你這樣什麼都不缺的人，也會有不痛快和煩惱嗎？』紫薇問。

『喜怒哀樂，是每一個人的本能，應該沒有階級之分，大家一樣的！我當然也有我的煩惱！』

紫薇點點頭，看著山色如畫，不禁出起神來。

『妳有心事！』爾康凝視她。

紫薇一笑。

『從你認識我那天開始，我就一肚子心事！』

爾康一嘆。

『本來，妳只有進宮的心事，現在，又添了我！』

紫薇震動了，看看爾康，不說話。爾康緊緊的凝視她，似乎想一直看到她內心深處去，半晌，才真摯而誠懇的說：

『紫薇，有幾句心裡的話，一定要跟妳說！』

紫薇點點頭。

『自從那天，我向妳表明了心跡，這些日子，我想了很多很多！』

紫薇專注的聽著。

『我第一句要告訴妳的話是，我要定了妳！』

紫薇一震。

『可是，如何要妳，成爲我現在最大的難題。妳知道，在我這樣年齡的王孫公子，早就成婚了，我之所以還沒成親，是因爲皇上遲遲沒有指婚！』

紫薇睜大眼睛看著爾康。

『妳或者還不知道，我和爾泰的婚姻，都不操在父母手裡，而是操在皇上手裡！事實上，皇上早在五、六年前，就看上了我，曾經要把六格格指給我，阿瑪和額娘心裡都有數，只等我們長大。誰知道，六格格卻生病夭折了，皇上難過得不得了，我的婚事，就這樣耽誤下來了！』

『我懂了！』紫薇輕輕的說。

爾康對紫薇搖搖頭：

『不！妳沒有懂！我要告訴妳的是，我和爾泰，都是皇上看中的人選，因爲皇上的寵愛，就連父母，都沒有辦法爲我們的婚姻作主，更別說我們自己了！』

『我懂了！』紫薇又說。眼神裡已經透著淒涼。

『妳還是沒有懂！我要說的是，不論妳是格格，還是一個民間女子，不論妳未來怎樣，我的心念已定，我要娶妳爲妻！但是，皇上一定不會把妳指給我，因爲他根本不知道這世界上有一個妳！這件事好像是老天開我的玩笑，我身邊有一個格格，皇上要我當額駙，我卻沒辦法告訴他，

請把紫薇指給我！』

紫薇的眼睛亮晶晶的，一瞬也不瞬的看著他。

『你的心我懂了，你的意思我也懂了！一直就覺得奇怪，爲什麼你還沒成親，現在都明白了！我早就知道，你的地位和身份，一定會娶一個金枝玉葉！我也說過，我沒有奢望。爲你留下，只是情不自禁！事實上，這些日子，我也想了很多。我第一句要告訴你的話就是，請放了我吧！』

爾康大震，變色了。

『妳是什麼意思？』

『我想來想去，我們之間，是沒有未來的！一個沒有未來的「相遇」，是一個永遠的「折磨」！我們結束它吧！』

爾康激動起來：

『怎麼會沒有未來？我要告訴妳的就是，我們有一條艱苦的路要走，我希望妳在各種惡劣的情勢下，都不要退縮！請妳相信我，我的心有如日月，妳一定要對我有信心！現在，皇上並沒有指什麼人給我，我左思右想，我唯一的一條路，就是在指婚之前，找個機會，對皇上坦白。告訴他，我愛上了一個民間女子，請他成全！』

紫薇嚇了一跳，瞪著爾康：

『他怎麼會成全呢?他會生氣的!你千萬千萬不要說!』

『妳何以見得他不會成全呢？』爾康反問：『如果他生氣，我就問他，還記得大明湖畔的夏雨荷嗎？』

紫薇大大的震動了，睜大眼睛看著爾康，驚喊著說：

『你不要嚇我!你把我弄得心慌意亂了!我已經爲了小燕子，在這兒六神無主，你又說這些異想天開的話!我聽得心驚膽戰，你不能這樣做的!皇上就是皇上，他可以做的事，你不能做!何況……』她痛苦的吸了一口氣，用力的說出來：『他從來没有「娶過」夏雨荷!』

這句話像當頭一棒，敲得爾康一陣暈眩。是啊!乾隆對雨荷只是『逢場作戲』，事情過了，就『風過水無痕』了。自己的舉例，實在該打!

『好好，我說得不對!我不會衝動，去將皇上的軍!怎麼辦，我再慢慢想辦法，我說了這麼多，主要就是要告訴妳，我的處境，和我的決心!請妳千萬千萬要相信我，要給我時間去安排一切!』

爾康說著，便伸手握住紫薇的手。

紫薇震動了一下，便矜持的，輕輕的把手抽開，難過的低下頭去。

爾康受傷了。

『怎麼？忽然把我當成毒蛇猛獸了？』

紫薇眼中含淚了。

『不是這樣，因爲你提到我娘，我想起娘臨終對我說的最後一句話！說完那句話，她就閉目而逝了！』

『是什麼？』

『她說……「紫薇，答應我，永遠不做第二個夏雨荷！」』

爾康大震，不由自主，退後了一步。立刻瞭解到紫薇那種心情，私訂終身，只怕歷史重演，步上夏雨荷的後塵。如果自己跟乾隆一樣，只有空口白話，不管多少承諾，對紫薇而言，都是一種褻瀆！

爾康凝視著紫薇，但見紫薇臨風而立，自有一股不可侵犯的高貴與美麗。他被這樣的美麗震懾住了，不敢冒犯，只是痴痴的看著她。心中，卻暗暗的發了一個誓，除非明媒正娶，洞房花燭，否則，決不侵犯她！決不讓她變成第二個夏雨荷！

溪水潺潺，微風低唱，花自飄零水自流。

兩人默默佇立，都感到愁腸百折。體會到情之一字，帶來的深刻痛楚了。

◎第一部完・待續第二部『陰錯陽差』

國家圖書館出版品預行編目資料

還珠格格3之1陰錯陽差 / 瓊瑤作
--初版. --臺北市 : 皇冠，民86
面； 公分.--（皇冠叢書；第2749種）
ISBN 957-33-1461-4（平裝）

857.7　　86009995

皇冠
CROWN
〈註册商標第173155號〉

皇冠叢書第二七四九種

《瓊瑤全集》

還珠格格三之一 陰錯陽差

作　　者—瓊瑤
發 行 人—平鑫濤
出版發行—皇冠文化出版有限公司
台北市敦化北路一二〇巷五〇號
電話◉二七一六八八八八
郵撥帳號◉一五二六一五一—六號
登 記 證—局版臺業字第五〇一三號
編　　輯—金文蕙
美術設計—吳慧雯
校　　對—鮑秀珍・林吉莉・林宜君・陳俞伶・李靜雯
製 版 廠—中茂分色製版印刷事業股份有限公司
台北縣中和市錦和路三號地下一、二樓
電話◉二二二三三八六六
著作完成日期—一九九七年八月一日
初版出版日期—一九九七年（民86）八月二十七日
九刷出版日期—一九九九年三月
◉法律顧問—蕭雄淋律師・王惠光律師
有著作權・翻印必究
如有破損或裝訂錯誤，請寄回本社更換
電腦編號◉000051
國際書碼◉ISBN 957-33-1461-4
Printed in Taiwan
本書定價◉新台幣160元

P9-CAU-986